PHYSIOLOGIE

DES FOYERS.

PHYSIOLOGIE

DES FOYERS

DE

TOUS LES THÉATRES DE PARIS.

PAR

J. ARAGO.

PARIS,

CHEZ LES MARCHANDS DE NOUVEAUTÉS.

BLOIS, FELIX JAHYER, IMPRIMEUR.

M DCCC XLI.

D'ABORD.

LES prudes, les bigots et les bigotes, c'est-
à-dire les hypocrites et les gens les plus stu-
pides du monde, disent assez à voix basse pour
être entendus de tous :

— Un foyer de théâtre ! un intérieur de théâtre ! qu'est-ce ? bon Dieu ! sinon un impur ré-

ceptacle, un lieu de corruption où courent à l'air les paroles honteuses, où se croisent les pensées obscènes, où se corrompent les cœurs, où fermentent les vices?

Ces hommes, ces femmes, ces jeunes filles, ces jeunes garçons qui peuplent les théâtres, voyez-les, disent encore les énergumènes dont je vous parle, voyez comme la débauche se peint sur leur teint hâve, sur leurs joues creuses; ne sachant plus rougir, ils empruntent à l'art leur vermillon; comme ils n'ont rien de grand, d'élevé dans l'ame, on leur apprend par cœur les belles choses écrites par nous, et ils les récitent comme le feraient des perroquets, sans les comprendre.

Les comédiens! quelle race!

— Jeannette! prépare le dîner; voilà la voiture. — Monsieur, elle porte une troupe d'artistes. — Serre l'argenterie.

Misère! misère!

Combien étiez-vous dans la voiture?

— Cinq hommes et un comédien.

Brutes!

Oui, mes amis les comédiens, j'ai entendu ces paroles, et ma main aussi rapide que ma pensée a infligé un juste châtiment à celui qui les avait prononcées.

Que de comédiens en France! (je ne parle que de ceux qui se montrent sur les planches)..... Eh bien! comptez ceux que renferment les prisons!... Sur quels hommes cependant les regards de la foule sont-ils le plus souvent tournés?

Oui, mes amis les comédiens, vous êtes calomniés..... Ne vous y trompez pas, vous l'êtes encore de nos jours; vous l'êtes surtout par ce que l'on appelle le beau monde, qui est sans contredit le plus laid de tous, sous ses parfums, ses gazes et ses fleurs.

Une comédienne! Combien cela?

Toi qui veux acheter, tu es à vendre. Je me trompe, tu es vendu.

— Que voulez-vous gagner, madame? demandait un autocrate à une célèbre primadona? — Soixante mille francs. — Mes maréchaux n'en gagnent que trente. — Eh bien! sire, faites-les chanter.

Quêls paresseux que les comédiens! disent
encore les gens occupés des mille riens impor-
tants de ce bas monde; ils jouent le soir, et
vous les voyez toute la journée au café, à l'es-
taminet, au billard, sur les places publiques,
partout enfin où se pavane l'indolence.

Mais leurs rôles, qui les apprend? que font-
ils sur la scène? est-ce leur esprit qu'ils dé-
bitent? Il est vrai qu'ils se chargent souvent de
faire valoir celui des auteurs, de leur en prêter
même quand ceux-ci en manquent.

Paresseux! Les comédiens paresseux! Oui,
sans doute, ceux qui ne font pas leur devoir;
mais le comédien qui sent sa dignité est le plus
occupé des hommes, le plus sérieusement occupé, car tout le monde est son juge.

Il y a du fretin partout.

Oui, messieurs de l'aristocratie, on trouve
plus de noblesse, plus de généreuses pensées
dans l'intérieur des théâtres que dans l'intérieur
de vos salons dorés; et j'écris ce livre non pour
vous le prouver, mais pour vous donner un
moment à réfléchir.

Quant à vous, mes amis les comédiens, dé-
chirez ces pages, et si vous ne les trouvez pas
vraies, jetez-m'en les lambeaux à la face ; j'ac-
cepte votre colère.

Le volume est petit, je ne dirai pas tous les
détails, mais la masse y sera.

D'AUTRE PART.

— MAIS cela est une horreur, une perfidie,
une lâcheté, une infamie, une idée infernale ;
cela crie vengeance ! Il faut poursuivre cet
homme, rudoyer cet insolent, le pincer, l'égra-
tigner, le mordre, le torturer, le rôtir comme
impie, comme profanateur, comme sacrilége.

Où se cacher désormais? Les boudoirs ne sont point assez silencieux, les coulisses n'ont point assez de mystères, les rideaux pas assez d'épaisseur; les murailles sont diaphanes, nos velours ont la légèreté et la transparence de la gaze; la civilisation est un progrès stérile. A quoi bon des châteaux, des palais, des vêtements.

Vite, vite, la feuille de figuier ou de vigne (je ne sais pas laquelle) de notre père Adam et d'Ève notre mère! A nous ces vêtements du premier âge puisque le reste est du superflu.

Tiens! et les saisons! je ne pensais plus à ces maudites saisons qui nous brûlent ou nous glacent. Décidément gardons nos dentelles, nos soies et nos velours; l'été a trop de feux, l'hiver trop de frimas... Oh! si nous n'avions pas de saisons à Paris! Mais comment châtier ce farouche moraliste de son irrévérence?

— La paix, la paix, mesdames; je suis votre ami et non votre adversaire. Si je dénonce quelques-uns de vos torts, c'est pour que vous les effaciez; si je proclame vos mérites, c'est pour

que votre modestie brille dans tout son éclat ;
et si, contre votre habitude, vous vous donnez
la peine de réfléchir un seul instant, votre colère tombera devant mes bonnes, mes louables
intentions ; vous me tendrez une main amie,
vous n'aurez plus de dents pour me mordre,
d'ongles pour me déchirer ; vous m'aimerez
peut-être un peu, ne fût-ce qu'un jour, une
heure, quelques minutes ; je ne suis pas exi-
geant, d'autres vous demanderaient une année,
six mois, une saison ; je ne veux pas l'impos-
sible, et je mesure le sacrifice aux forces hu-
maines.

Que de siècles d'ailleurs dans une heure d'extase ! Quelques froids moralistes assurent que
rien n'est plus fugitif que le bonheur ; oui sans
doute, cela serait, s'il n'en restait rien après la
secousse et si la reconnaissance n'était pas la
mémoire du cœur.

Un sourd-muet a jeté cette pensée dans le
monde ; je la répète, je la propage ; les infir-
mités se donnent la main.

Quant à vous, mes amis, dont je parle aussi

dans ce petit volume, je sais ce que vous pensez de moi ; vous allez savoir ce que je pense de vous. Ainsi se délient ou se resserrent les affections.

FOYER DE L'OPÉRA.

SELON les goûts, les caractères et les humeurs, ceci est un parfum qui énivre doucement les sens et la pensée, ou une exhalaison
douloureuse à l'odorat et pesante à la poitrine.

Je me place, moi, être bizarre et non compris, dans la première de ces catégories, et la
preuve, c'est que je me complais d'avance au
récit que j'entreprends, c'est que je trouve de

l'harmonie dans ce désordre que je vais tâcher de régulariser à votre profit, et qu'à tout prendre la monotonie du bien est plus triste, plus écrasante mille fois que la variété du mal.

La lente majesté du fleuve promenant ses eaux sur des plaines nivelées et dans un lit creusé pour lui m'assoupit et m'énerve, tandis que je me réveille et vis doublement à la voix sonore de la cataracte qui tombe du plateau dans le gouffre et bondit ensuite de roc en roc en tourbillons neigeux, pareil à un essaim folâtre de chèvres blanches sur les cimes pyrénéennes.

Pourquoi l'œillet produit-il sur mon cerveau l'effet du vin de Champagne? pourquoi le lilas m'endort-il? pourquoi la rose me fait-elle verser des larmes? pourquoi aussi l'aspect de certaines jolies femmes me soulève-t-il le cœur, tandis que la présence de certains visages sans grâce et sans régularité appelle mes regards? on sent ces choses-là, on ne les explique point; elles sont parce qu'elles sont; voilà tout.

Quand je dis que mes regards sont flattés ou blessés par de certaines images, il est bien entendu que je ne vous parle que du passé. Les ténèbres n'ont point de reflet, ma vue c'est ma mémoire, et malheureusement chez moi la mémoire est au cœur....

C'était autrefois un grand et magnifique salon, tout sculpté, tout doré : le badigeonnage a voilé les dorures; cela coûte moins cher d'en-

tretien ; et puis il y avait peut-être péril à pré-
senter sans cesse cette couleur brillante aux
regards avides des prêtresses du lieu. Tantale
est depuis long-temps banni de l'Opéra ainsi
que ses compatriotes de la fable. Plutus seul
vient par fois y promener ses airs d'insolence et
de fatuité.

Aujourd'hui le vaste salon est coupé en deux :
la partie supérieure est le foyer des danseuses ;
son plan incliné habitue les jambes des nymphes aux planches du théâtre ; la seconde partie
du salon sert de magasin. Ainsi donc des vieil-
leries en dessous, des meubles frais et neufs au-
dessus..... Vieux flatteur, va !

La cheminée est à gauche en entrant ; à droite
s'épanouissent une grande quantité de belles
glaces ; froid et chaud, tout est contraste à
l'Opéra. En face de la porte trône un beau buste
en marbre de la célèbre Guimard. C'est devant
elle et comme pour obtenir son suffrage, que
s'exercent les danseuses. Les méchants disent
que le buste grimace et fait la moue plus souvent
qu'il ne convient réellement à un marbre. Que
ne disent les méchants !

Tout près de la cheminée, pirouettent, sau-
tillent, gambadent, piétinent, jacassent les
marcheuses, les *figurantes*, les *rats*. Ces derniers sont ainsi nommés, parce qu'ils vivent
dans la maison et de la maison ; ils y gratignent,
ils y nichent, ils y poussent comme des cham-
pignons. Un rat hors des coulisses et du foyer

*

de l'Opéra est tout désorienté ; il se trouve dans un monde à part, dans un monde inconnu , abhorré. L'air libre est lourd aux poumons du rat dont je vous parle ; il veut l'odeur du quinquet, la flamme du gaz ; il s'accroche à la corde huileuse , il se cramponne aux portants de la coulisse ; il veut un sol de planches , un ciel de toile , une marche de sauterelle , une parole cadencée ; et puis, dans le lointain, un beau lustre, un parterre, des loges flamboyantes , de magnifiques toilettes et des binocles braqués sur ses appas naissants. Le rat de l'Opéra ne craint pas le matou. Le matou du rat de l'Opéra, c'est l'habitué de l'orchestre , vieux ou jeune , peu importe.

Chaque rat a son matou de prédilection , mais il est inconstant par nature et par calcul ; l'unité lui déplaît, deux matous lui suffisent à peine ; ceci sans calomnie.

Les figurantes se rajeunissent, c'est dans l'ordre ; les rats se vieillissent, c'est une tactique. Les premières veulent continuer plus longtemps, les derniers commencer plus tôt ; ceux-ci ont des mamans qui les favorisent dans cette ardeur de virilité, les mamans des autres ont passé des joies de la terre au silence de la tombe. Paix à elles !

Si un hommage s'adresse directement à un rat, la maman est consultée ; c'est elle qui fait le marché, c'est elle qui choisira les meubles , y compris le lit et la parure de noces. L'expérience est une bonne conseillère.

Les rats et les figurantes ne se jalousent pas ; entre eux il y a presque toujours communauté de biens et de profit. L'égoïsme est un vice inconnu des rats et des figurantes de l'Opéra.

Je vous ai parlé des marcheuses. Il y a des marcheuses à l'Académie royale du musique ; il y en avait sous Duponchel, sous Véron, il y en a eu sous l'empire, il y en aura toujours.

Les marcheuses sont ces grandes et belles filles que vous voyez à la suite des corps de ballet ou des fêtes publiques, montrer aux regards de la foule leurs beaux yeux noirs ou bleus, leurs belles chevelures à elles ou d'emprunt, leurs jarrets taillés comme ceux de la Diane chasseresse, leur gorge et leurs épaules pareilles à celles de la Vénus de Milo......, presque aussi ébréchées quoique moins antiques. Les marcheuses de l'Opéra ne sont pas à dédaigner, je vous jure.

Je vous ai dit qu'il y en avait du temps de l'empire, et cela est vrai. A cette époque brillante, toute diamantée par nos conquêtes, les grands officiers du grand capitaine, avec leur grand sabre, leur grand uniforme et leurs grandes moustaches, venaient souvent dans les loges de l'Opéra étaler aux regards de la foule ébahie l'orgueil de leurs cicatrices et de leur idiôme des camps. Chacun d'eux avait une marcheuse à sa disposition, et, comme les feux croisés de

deux batteries rivales, les regards des vain-
queurs et des vaincues se heurtaient dans la
salle en vives étincelles. C'était encore là l'image
de la guerre ; et à peu de chose près, nos vieux
braves pouvaient se croire de nouveau sous les
murs du Kremlin ou aux portes de Vienne.

Mais quand le maître avait parlé, quand il
avait montré du doigt une capitale à soumettre,
un empereur à détrôner, les soldats prenaient
la volée comme autant de vautours rapaces ; et,
fidèles dans leur attachement tout chevaleres-
que, les marcheuses de l'Académie royale de
musique suivaient les armées et bivouaquaient
loin de leurs dominateurs. Pauvre Opéra ! que
devenais-tu alors !

Aussi rapide que l'aigle qu'il avait pris pour
enseigne, l'empereur revenait après sa tournée
de géant, et ses lieutenants chargés de trophées
le rejoignaient à petites marches. Un jour qu'au
milieu des cris de *Vive l'empereur!* mille fois ré-
pétés, une loge s'ouvrait au spectacle du *Triomphe de Trajan :* Qu'est-ce que cela? s'écria Napoléon désappointé ; quels monstres le Romain
traîne-t-il à sa suite? est-ce pour de pareils ma-
gots que ma libéralité s'étend sur ce théâtre ;
je veux une réforme, une réforme complète ;
qu'elle ait lieu demain, ou je me fâche.

La volonté du maître était un fait accompli.

Le directeur et les régisseurs de l'Opéra se
mirent en quête de belles marcheuses ; une presse
sévère eut lieu dans toutes les maisons tolérées

de la capitale, et les coulisses du plus brillant
théâtre du monde se peuplèrent de vierges folles, qui trouvèrent leur compte à cette viola-
tion inusitée du domicile.

Aujourd'hui il y a des folles à l'Académie
royale de musique; on y cherche vainement des
vierges.

Voici la liste exacte des jolies femmes du
corps de ballet, des rats et des sauteuses de l'A-
cadémie royale : ...., ..., ..., ...,
........., ..., ..., ..., ..., ...,
............, .., ..., et Mlle Dumilâtre.

Je n'en ai pas oublié une seule. Celle-ci est
bien élevée, elle cause à merveille, ses manières
sont distinguées; et comme il y a des taches
même au soleil, nous regrettons qu'un fâcheux
accident ait fait une légère brèche au nez de
cette belle personne, qui serait aussi bien placée dans les salons du plus grand monde que
dans les coulisses de l'Opéra, La végétation
équatoriale est du goût de Mlle Dumilâtre; on
dit qu'elle a le projet, dès que l'âge aura affai-
bli ses forces ou lassé son élasticité, d'aller se
reposer sous la palme ondoyante du cocotier,
ou sous le large parasol du bananier au régime
savoureux. De la main nous lui indiquons la Ha-
vane.

Mlle Blangy vient rarement au foyer de l'O-
péra. La sagesse de cette spirituelle personne
n'aurait rien à craindre du contact des habitués
du lieu; il est des cuirasses qui résistent à la

balle, il y a des principes qui soumettent le mauvais exemple. Mlle Blangy est une de ces rares exceptions que l'on aime à citer au profit de la morale.

Vous connaissez Albertine....... Je la nomme après Mlle Blangy; vous savez que je me plais dans les contrastes. O ma belle princesse! combien y a-t-il d'ici à Londres? Combien y a-t-il de Londres à Paris?

Au surplus, la gaité de Mlle Albertine réveille le foyer assoupi. Tenons-lui compte de cette joyeuseté de bonne fille.

Depuis long-temps vous connaissez les demoiselles Noblet, l'aînée et la jeune (vieux style). Quelle est la jeune des deux? aucune des deux n'est vieille; mais chaque chose a son temps. Le buste de la Guimard sourit d'amitié quand les Noblet passent devant lui. Le marbre a de l'intelligence.

Mlle Nathalie Fitz-James est, une danseuse tout épanouie. Ses goûts pour la campagne lui font perdre un peu de son ardeur pour la danse; c'est dommage. On dit qu'elle se repose sur *Lapelouze* de la fatigue des planches. Eh bien! où est le mal? Sa visite au foyer est toujours une bonne fortune.

Je vous salue, Maria, pleine de grâces, le seigneur D..... est avec vous. — Fi! le vilain jaloux, qui vous regarde de travers, si vous regardez en face l'aimable bayadère. Protégez les

meubles de la couronne , Monsieur, et laissez-
nous ceux de l'Opéra.

Mlle Carlotta Grisi , femme de Perrot , est ar-
rivée la dernière ici. Le Zéphyre a une sœur
mythologiquement parlant. Il a fallu toute l'é-
lasticité de Perrot pour atteindre Carlotta dans
son vol. Quel est le plus léger des deux ? Quand
ils sont en l'air, ils ne tombent pas , ils descen-
dent ; on ne leur jette pas des fleurs , on les leur
montre des loges , ils s'enlèvent et les prennent :
tout est fait.

Je vous ai dit à peu près le personnel de la
danse ; je vous ai initié à certains petits secrets
que vous auriez appris sans doute par d'autres
que par moi ; c'est à vous de juger si le foyer de
l'Opéra est une tentation ou un lieu répulsif.

Gare ! gare ! ouvrez vos rangs ! c'est moi !
place à votre souveraine ! que mon regard se
promène libre dans cette vaste enceinte où je
trône sans rivale..... A moi les acclamations du
public, à moi les adorations de.... ! Qu'allais-je
dire , bon Dieu ? Tout ceci est un secret.

Oui, mon enfant, c'est le secret de la comédie.
Tu as du talent, de l'énergie ; tes dernières créations t'ont placée bien haut dans l'opinion publique ; tu t'es fait une large part du butin
convoité par de jalouses ambitions. Commande,
ordonne seule, puisque le sultan , puisque l'autocrate le veut ; mais , vaniteuse , un peu d'en-
cens aussi à ce qui t'entoure : chaque astre a ses
satellites, chaque satellite ses rayons ; et , ap-

prends-le par moi, nous sommes trop inconstants pour n'adorer toujours qu'un seul soleil !

A qui s'adressent ces lignes, ces éloges, cette invocation; ces conseils? C'est encore le secret de la comédie.

Mlle Heinefetter est une de ces belles et grandes jeunes filles qu'on regarde tout d'abord par les yeux de la tête, et sur lesquelles on s'arrête plus tard avec les yeux du cœur. Plaignez-moi de ne pouvoir les juger aussi bien que vous ; mais s'il y a de l'harmonie entre la sonorité de l'organe et la silhouette de la charpente, Mlle Heinefetter, c'est Corinne au Capitole.

On lui a donné un vainqueur, car le monde est prodigue plus qu'on ne pense. On lui a donné le prince de la finance, car on ne prête qu'aux riches. Eh bien! on a calomnié l'artiste ; et il n'est pas vrai que l'or ouvre toutes les portes.

Mme Sloltz et Mlle Heinefetter ne vont jamais au foyer de l'Opéra. Leurs compagnes et les premiers sujets masculins de la troupe n'y paraissent aussi qu'à de longs intervalles. Le local en est tout triste, tout désolé.

Mlle Daubrée est jeune, jolie; elle a du talent, elle plaît. Hélas! pourquoi la tendresse n'est-elle pour elle qu'un *jeu?* Si vous voyez malice à ma réflexion, ce n'est pas de ma faute ; j'écoute, je ne vois pas; vous seul vous êtes coupable.

Mlle Julian charme les oreilles et les yeux, mais elle irrite les passions et brise les espé-

rances. Est-ce que le théâtre est un couvent?...
N'importe, Mademoiselle, entourez-vous tant
que vous le pourrez de ce manteau de pudeur
qui vous protége ; ce n'est pas moi, froid moraliste, qui vous gronderai d'être une de ces rares
exceptions qui honorent votre sexe, alors surtout que chaque soir à l'éclat de mille bougies
vous êtes forcée de braver le péril. Quand
Mlle Julian se montre au foyer, on ne plaisante
plus que du bout des lèvres, on n'interroge plus
que du coin de l'œil. Hélas ! César, Pompée,
Alexandre, Gengiskan, Napoléon, ont eu leurs
jours de défaite. Il est vrai que Mlle Julian est
une femme; eh bien, raison de plus; l'avenir
n'appartient à personne.

Mlle Nau!...... Comme la plume glisse rapidement sur le papier, comme la pensée est active quand elle se repose sur des tableaux
suaves et gracieux. Voici une jeune et gentille
personne au talent frais, à la méthode parfaite,
à l'organe embaumé, aux manières élégantes ;
elle a plus que de l'esprit, plus que de la bonté,
plus que de l'indulgence ; elle comprend les faiblesses du cœur ; la honte et la dégradation
sont seules au-dessus de son intelligence. La
conversation de Mlle Nau est une musique,
ses mots sont des pensées ; on l'écoute des
yeux et de l'âme à la fois. Elle et Mlle Dumilâtre
sont les artistes les plus instruites de l'Académie royale de musique.

Pardon à vous, mesdames, que mon opinion

peut blesser, vous n'êtes pas tenues de me croire
sur parole ; votre petite vanité vous dresse d'ailleurs un piédestal d'où je ne veux pas vous faire
descendre.

Mlle Nathan est de la religion de Moïse ; elle
a épousé un catholique ; de pareilles unions sont
bien rares dans le siècle d'intolérance où nous
vivons. Mlle Nathan n'attend pas long-temps les
applaudissements du public, ils viennent la
chercher.

Le talent de Mme Dorus est incontesté, c'est
là une de nos gloires lyriques ; mais si vous
comprenez la poésie des arts, vous qui lisez ces
lignes, grondez Mme Dorus d'être devenue si
bourgeoise. Croiriez-vous qu'elle mange du
veau, et que ce veau est apporté par elle dans
une boîte de ferblanc aux coulisses et au foyer
du théâtre ! Pardon, Mme Dorus, de cette confidence que je fais au public ; mais en vérité il
ne vous est pas permis de manger du veau,
même en particulier. Quand on commet de pareilles aberrations, on se cache, et vous êtes si
belle à voir !

Jusqu'ici, avec quelques nuances cependant,
le foyer de l'Opéra ressemble à d'autres foyers ;
seulement à l'Académie royale de musique on
jacasse avec les jambes, ce qui est un luxe de
causerie inusité sur les scènes secondaires ; et,
à ce sujet, je vous dirai qu'il y a de rudes insti-
tuteurs au foyer de la danse : ce sont des po-
teaux solides où les genoux et les articulations

sont tordus, brisés, torturés; on s'y disloque
à qui mieux mieux au profit de vos plaisirs; et
si vous saviez par combien de souffrances les
Taglioni, les Essler, les Paul, les Montessu sont
parvenus à se rebâtir, vous tomberiez en extase
devant ces jetés-battus, ces entrechats horizon-
taux et ces pirouettes *piquées*, que l'habitude
vous fait regarder en baillant.

Mais le foyer de l'Opéra a une couleur distincte, particulière, et qui le place dans une
position à part; la police devrait presque s'en
occuper. Haro! sur moi, mesdames, qui dénonce une infraction aux lois.

Il n'y a presque pas de semaine sans loterie;
on vous donne des billets pour des lorgnons,
pour des chats, des perroquets, des oiseaux de
paradis, des colliers, des bracelets, et surtout
des amazones piquées des vers; c'est un cataclysme d'objets sans valeur, auxquels pourtant
on fait rapporter quelque chose; et je connais
de par le monde un homme qui gagne presque
tous les vêtements usés des écuyères; son cabinet d'antiquités en est tapissé. Oh! jeune
Nestor des coulisses, que de secrets curieux tu
aurais à nous révéler si ces vêtements te disaient
les confidences dont ils ont été témoins.

Eh bien, moi qu'on a initié dans quelques-
uns de ces mystères tout saupoudrés d'amour et
de coquetterie, je vais vous conter une petite
historiette assez échevelée. Écoutez: Un jour
Mlle ...., drelin, drelin, drelin; messieurs

et mesdames, l'ouverture est commencée. Le danseur s'arrête au milieu de sa pirouette, la danseuse se hâte de descendre de son vol aérien à trois lignes du sol, le ténor lance son *ut* de poitrine, la prima-dona essaye sa gamme chromatique, les foyers se dépeuplent, on roule de marche en marche, le rideau se lève, je vais prendre ma place à l'orchestre, et je bats des mains à Duprez, à Massol, à Wartel, à Levasseur, à Dérivis, à Baroilhet, à Boucher, et à quelques autres que je n'ai pas rencontrés dans le foyer parce qu'ils n'y vont pas.

La dernière note a vibré, le rideau se baisse, les poitrines des chanteurs se désenflent, les danseurs s'arrêtent, les marcheuses font halte, et le peuple rat, après s'être à demi débarbouillé, pousse ses cris aigus, glisse par les fissures, les interstices des murailles et des décorations amoncelées, et va se coucher....... Je sais bien où. — Et moi aussi. — Et moi aussi. — Et moi aussi.

.... Pauvres petits rats !

FOYER DES FRANÇAIS.

CONVERSATIONS en général de presque chaque jour : Eh bien ! que disent-ils ? — que font-
ils ? — que veulent-ils ? — que rêvent-ils. —
Jamais l'insatiable juiverie n'a poussé plus loin
ses prétentions et son amour du coffre-fort. —
Vrai ? — Comme Moïse est leur maître. — Qua-
rante mille francs ? — Va. — Cinquante mille ?
— Va. — Soixante ? — Va toujours. — Quatre-

★

vingts? — Encore. —Je n'ose pas. — Ose, mon cher, ose. Quand l'affamé s'assied au banquet, il ne se repose qu'à la dernière miette. Si les lèvres de Tantale touchaient les eaux, elles aspireraient le fleuve. — Qu'est-ce? de la vanité. — Non. De l'avarice, de la rapacité, quelque chose d'absorbant, de dévorateur qui brûle la conscience. Écrivez dans tous les journaux que sa poitrine est faible, fatiguée, malade; que sa charpente est amaigrie et ses épaules anguleuses. Que leur importe, pourvu que vous augmentiez les appointements. La réputation est venue, vienne maintenant l'opulence. Vos faiblesses ont commencé celle-là, votre pusillanimité fera celle-ci. — Mais on a tort de m'accuser, je suis dans le camp ennemi, moi. — Sois-y avec armes et bagages. Dans les guerres comme la nôtre; la parole porte plus loin que le mousquet, et un argument est plus meurtrier qu'une bombe. Vois comme la presse nous soutient. —C'est qu'elle devine que nous sommes faibles. —Prouvons-lui le contraire et luttons de toute la force de notre volonté. — A la bonne heure! te voilà des nôtres.

Les exigences, les intrigues, les incommensurables prétentions de la famille Rachel occupent aujourd'hui dans le foyer de la Comédie française les causeries des artistes. On voudrait garder l'illustre tragédienne, mais à des conditions honorables; et jusqu'à présent on n'a réussi qu'à irriter la passion dominante qui dévore la pléïade Felix. La chute du monde peut seule arrêter la cataracte du Niagara.—Et moi, je te dis qu'on la gâte. — Et moi, je soutiens le contraire. — La raison? — C'est que c'est déjà fait. — Je suis presque de ton avis. Le public commence à être aussi de l'avis du dernier interlocuteur.

Il y avait là pourtant un germe heureux, une intelligence surnaturelle, un beau présent, un magnifique avenir. — Peut-être. — Tu l'as dit, tu l'as écrit. — J'étais sous le charme, et puis, je n'osais pas être le seul de mon avis. — Il faut toujours avoir le courage de son opinion.

Je vais prononcer une terrible parole : Mlle Doze décline. —Vous changez.— C'est elle qui change, ce n'est pas moi. Encore un pas, et la gentillesse devient minauderie; encore un mouvement, et l'afféterie étouffe la grâce. — Peut-on être faux en copiant le modèle le plus vrai, le plus parfait du monde? Mlle Doze résout la question.

J'ai saisi cette discussion au vol dans le foyer dont je vous parle, je ne puis que la transcrire. — Et vous? avez-vous changé aussi. — Ce n'est pas de moi qu'il est question dans ce livre. Je ne résonne que comme l'écho.

Mlle Plessis entre; Mlle Plessis ravissante belle fille, si bonne à voir et à entendre. Son regard se promène assuré sur tout le monde, excepté sur une seule personne qui, de son côté, la toise du coin de sa prunelle. Les voisins chuchottent, les voisines sourient, les sages ne comprennent rien à cette jalousie ardente qui sépare, brouille, irrite les deux artistes ; je n'y comprends rien non plus. Elles ne se ressemblent ni par le talent, ni par la charpente, ni par les humeurs, ni par la physionomie. Il est difficile qu'on les aime toutes deux à la fois : c'est l'eau et le feu, c'est le zénith et l'antipode, c'est le jour et la nuit, le calme et la tempête, l'orage et le ciel bleu.... Ce sont aussi deux cœurs féminins, c'est-à-dire deux fournaises ardentes, deux tisons en combustion, deux cratères en activité. Vous ne savez pas ce que c'est que deux cœurs féminins se détestant avec cordialité, sans arrière-pensée, dans l'abandon, en plein jour, en face du lustre, à la clarté du soleil ! Telles hennissent en présence l'une de l'autre deux magnifiques et vigoureuses cavales s'élançant pour envahir l'espace ; deux cœurs féminins qui se détestent avec amour, c'est la lutte la plus curieuse du monde à étudier.

Écoutez-les : chacun de leurs gestes est un sarcasme, chacune de leurs paroles une ironie. La politesse alors est une pointe d'acier qui pénètre, le sourire est une amertume, le salut un mépris, le silence une insulte, l'éloge un outrage. Dieu ! que c'est beau à étudier le bitume qui fermente et bouillonne dans les entrailles de l'Etna ! Moralistes, ne partez point pour la

Sicile. Pas n'est besoin que vous alliez étudier
là-bas les colères souterraines. Vous trouvez
dans le foyer de la Comédie française, avec
moins de turbulence et de force, la même lave,
le même souffre, le même cahos.

O public insouciant, si tu savais quelles poignantes douleurs tu causes à celle-ci, quand tu
applaudis à celle-là ! si tu pouvais comprendre
les tortures de celle-là, quand tu rappelles
celle-ci. Mais non, tu ne vois rien, toi, tu ne
remarques rien, tu n'entends rien, tu ne comprends rien. Imprudents, qui ont bâti Naples
sur le Vésuve ! Imprudents, qui ont placé
M.lle Doze à côté de M.lle Plessis.

Il y a deux camps au foyer de la Comédie
française. Le plus nombreux, et selon moi le
plus logique, est celui où on arbore la bannière
Plessisienne. La Victoire est une grande et magnifique femme, aux allures d'indépendance,
au front plein de majesté, à la démarche altière.
Plessis, posez devant moi ; ma palette est ar-
mée, mes pinceaux sont prêts, ma toile sur le
chevalet. Je vais peindre la Victoire, me réser-
vant pour être complet, de lui donner une voix
plus douce, un regard moins altier, une physionomie plus rassurante. J'aime Plessis telle
qu'elle est.

A peu d'exceptions près, les irritations ont
quelque chose de littéraire, si j'ose m'expri-
mer ainsi, au foyer de la Comédie française.

Les hommes ne s'y disputent qu'avec des gants, les femmes avec des mitaines. La soie et le velours s'y frôlent incessamment ; et le salpêtre qui pétille exhale un certain parfum de bonne compagnie qui vous fait éprouver quelques joies à ces discussions intestines.

Beauvallet seul, ce Beauvallet dont l'organe, quand il le veut, descend trois notes au-dessous du tonnerre, Beauvallet lâche la bride aux mots sans façon, et dit à chacun son fait sans se soucier le moins du monde qu'on grimace à sa parole énergique. J'aime Beauvallet dans la tragédie et le drame. Je suis sûr que je l'aimerais aussi dans les Crispins et dans les Mascarilles. Il y a de la polissonnerie dans ses petits contes de chaque jour, et, par malheur, sa mémoire est effroyablement riche d'histoires scandaleuses. Beauvallet brûle sa phrase.

Que Monrose ne m'en veuille pas si j'ai proposé de confier un Mascarille ou un Crispin à son camarade Beauvallet. Un beau valet peut bien jouer des domestiques. Quant à lui, Monrose, qui oserait entrer en rivalité avec sa verve si pétillante, avec son entrain si communicatif ? Je place Monrose entre Beauvallet et Ligier ; il faut séparer deux adversaires prêts à entrer en lutte. La terre est assez vaste pour deux puissances, et Napoléon dort aux Invalides après son long sommeil à Sainte-Hélène.

Guyon vient d'apporter au foyer de la Comédie française ses longues études et ses manières de bonne compagnie ; aussi n'y trouve-t-il déjà que des amis, quoiqu'il ait remplacé là Joanny, homme de talent, de conscience et de probité.

J'aime Firmin et Menjaud. Tous les deux chauds, passionnés, tous les deux coupables envers le public, car ils le menacent incessamment d'une retraite prématurée. Allons donc ! ces deux artistes remarquables resteront à la Comédie française et viendront souvent en égayer le foyer.

Regnier, leur camarade, sait trop combien sa présence est agréable à tous, pour qu'il fasse souvent défaut à l'invitation qu'on lui adresse chaque soir. C'est un des plus solides piliers de ce lieu de repos et d'études tout à la fois.

Robert, quoique fort jeune, s'y est fait du premier pas une fort jolie place. Il saura la conserver, l'agrandir, si les succès n'enflent point sa vanité. Il est permis quelquefois de savoir ce que l'on vaut.

Mlle Rabut nous a apporté un peu de froid de Saint-Pétersbourg ; mais elle est si jolie, qu'il faut bien que nous ayons quelque indulgence pour elle. Hélas ! ne lui pardonnons-nous pas déjà sa sagesse toute sauvage.

Faut d'la vertu, pas trop n'en faut ;
L'excès en tout est un défaut.

Au début de cette actrice qui entre en ce moment au foyer, le public émerveillé s'écria que Mlle Mars détesterait bientôt les pastilles de Menthe. Mlle Mante a toujours été une piquante et spirituelle comédienne ; mais Mars !!!

Disons en passant que les plus beaux noms de femme qui ont illustré la scène française sont deux noms guerriers : Mars et Clairon.

La soubrette Avenel, blonde, belle et élégante, glisse silencieusement dans le foyer. Pourquoi obéir quand on est faite pour commander? J'aimerais mieux Mlle Avenel comme *maîtresse* que comme servante. Souvenez-vous que je vis dans la haine des calembourgs.

Si on le veut, Mlle Dubois se posera en reine à ce théâtre. Pourquoi ne le voudrait-on pas ?

Mon érudition ne fait tort à personne. Quelle est cette jeune fille qui vient de parler près de moi? Elle a 16 ans à peine, n'est-ce pas. — Un de ses fils en a 25. Eh bien, qu'importe! les Grâces n'ont pas d'âge, et Mme Anaïs est de la famille. Enfermez dans un salon Mmes Anaïs, Plessis et Doze, et courez vite à tous les postes de pompiers, la ville est en feu.

Samson donne d'utiles, de précieuses leçons aux jeunes gens qui se destinent à la tragédie. Un acteur comique enseignant les larmes, la rage et le désespoir ! c'est que chez ce comédien excellent, l'art n'est que le résultat de l'étude et de la méditation. Sa conversation est une discussion perpétuelle, et il vous remercie des résistances que vous opposez à ses arguments. Au surplus, Samson est très froid dans le monde, très froid au foyer.... Calembourg à part, car la Comédie française n'aime pas les jeux de mots.

On dit que Samson est le grand meneur du lieu, que ses paroles sont sacramentelles, ses jugements irrévocables ; aussi, en dépit de l'estime dont il jouit, lui garde-t-on quelque rancune de son omnipotence. Samson a été, dit-on, le premier maître de Rachel ; le maître et l'élève se sont trouvés souvent en discussion active. A ce sujet, nous dirons à la jeune tragédienne que la reconnaissance est plus qu'une demi-vertu. Depuis quelque temps, la paix règne entr'eux ; je ne sais donc pas pourquoi j'évoque d'aussi tristes souvenirs. Samson ne doit guère gagner plus de 15 à 18 mille francs par an ; Mlle Rachel en gagne 100 mille. Je m'écrierais : fichtre ! si le mot était moins prosaïque ! Au surplus, on dit Mlle Rachel une très bonne fille, une véritable *gamine*. Les enfants valent souvent mieux que les pères.

Et maintenant, voici le beau diseur Menjaud, froid et réfléchi au foyer ; Firmin, chaud et passionné comme sur la scène ; puis Regnier ; batifolant, jouant et caressant tout le monde ; puis encore Mlle Noblet, Mathilde la gracieuse, et quelques autres qui voudront bien me pardonner de ne pas les nommer ici.

Tout cela se meut dans un salon vaste, parfaitement parqueté, orné de tableaux et de marbres rappelant nos gloires artistiques. Ici une figure de Talma, là une autre figure de Talma, plus loin le buste de Talma. Ce n'est pas trop, ce n'est peut-être pas assez : il faut multiplier les grands modèles.

Sur d'autres socles, les images bien aimées de Molière, Larive, Louis XIV, Fréville et Figaro, Duchesnois, Saint-Prix, Clairon, Joly, Montvel, Dangeville.

Là encore une véritable galerie d'artistes chers à la Comédie française : Brizard, Grand-mesnil, Jamas, Fleury, Dumesnil, Duclos, Raucourt, Lekain, Molé, Baptiste aîné, Baptiste cadet, Bourgoing, Desmares, Thénard, mère pleine de vie encore et coiffée, je ne sais pourquoi, en plumes blanches, imitant parfaitement des limandes en goguette.

Sur la cheminée à droite, les statuettes élégantes de nos amoureuses et de nos soubrettes. L'œil se ranime à ces charmantes images ; le cœur se dilate au souvenir des gloires mortes de la première scène du monde.

Messieurs de la Comédie française, appelez un tapissier, un décorateur, peu importe ; et quand vous aurez recouvert ces vieux fauteuils verts, ces canapés moisis ; quand vous aurez redressé ces chaises boiteuses et vermoulues, placez au milieu de ce salon rajeuni un beau fauteuil doré, couvrez-le d'un voile funèbre, et

inclinez-vous avec respect devant ce signe de
tristesse et de deuil..... Mars vient de dire adieu
à ce foyer. Mars est morte pour la scène.....
Mars sera éternelle comme Talma.

FOYER DE L'OPÉRA COMIQUE.

—————

IL me semble qu'il faudrait plus d'accord
dans un foyer musical ; ici tout devrait respirer
l'harmonie. Les pas , les regards , les paroles ,
les gestes même ont une musique , et cependant de sourdes rancunes s'y mûrissent, d'ac-
tives querelles y éclatent , de chaudes jalousies
y fermentent , des haines profondes s'y enra-
cinent ; peu s'en faut que le foyer de l'Opéra-

Comique ne soit une vaste Thébaïde où l'on pa-
taugera bientôt dans des ruisseaux de sang.
Amour, tu perdis *Troie!* Hélas! il en perdit
bien davantage, ma foi, et je ne serais pas surpris que le monde, celui que nous habitons,
ne finît un jour par les ingénieux moyens même
qu'on lui a donnés pour le peupler. Est-ce que
le soleil n'est pas assez vaste pour éclairer à
la fois deux imperceptibles grains de sable
comme le nôtre? est-ce que ses feux ne sont pas
assez ardents pour réchauffer deux cervelles
voisines? est-ce qu'il n'y a qu'un trône pour
tous les empires? O vanité humaine!

Tenez, comme elle est belle à voir! comme
elle est délicieuse à entendre! comme elle est
bonne et douce dans sa causerie intime! en-
courageante pour les jeunes intelligences;
voyez comme elle répond avec bienveillance
à la voix de celui-ci, à la prière de celle-
là. C'est le talent, un talent immense sans
vanité, une supériorité incontestable sans orgueil, une dignité de conduite sans pruderie;
c'est un charme indéfinissable dans toute sa
personne; soit qu'elle parle, soit qu'elle chante
ou qu'elle se taise, on jurerait qu'il y a des
notes dans son silence.

N'avez-vous pas deviné Mme Damoreau? et
cependant Mme Damoreau n'est pas heureuse;
elle veut du bonheur pour tout ce qui l'entoure,
elle veut le sourire sur toutes les lèvres, et les

siennes font une petite moue qui vous attriste,
son front garde une gravité qui vous fait dou-
loureusement rêver. Cela doit être ; Mme Damoreau est bonne par excellence, il faut qu'elle
souffre.

Ah ! c'est qu'une injustice est chose poi-
gnante à un cœur bien placé ! c'est que lorsqu'on s'attaque à une gloire acquise par mille
triomphes, cela va droit à l'ame, cela pénètre,
brûle et calcine.

Le sot ou le méchant peut seul chercher à
affliger Mme Damoreau, que vous voyez là se
promener si tristement dans ce salon carré.
Tant pis pour le méchant ou le sot ; les bravos
de la France et de l'Europe doivent consoler
Mme Damoreau de ses déceptions et des igno-
bles attaques des ingrats.

A côté de Mme Damoreau, la puissante reine
du lieu, vient en sylphe léger Mme Anna Thillon, tout auréolée de grâce, de minauderie,
de talent et de vanité.

Mme Thillon est jolie comme une jolie vi-
gnette de Thompson, de Johannot ou de Ga-
varni ; son organe est doux, douce aussi est sa
physionomie, et cependant on la fuit, on l'évite.
Pourquoi ? c'est que plus on a de mérite, plus
il faut de modestie pour se le faire pardonner,
et qu'il est des positions tellement équivoques....

Ah ? pardon, lecteur, j'ai promis des portraits
et non de la médisance. Je ne veux pas faire

grimacer les modèles qui passent devant mes yeux.

Les succès de Mme Thillon à la Renaissance auraient fait la fortune de ce théâtre, si ce théâtre n'était pas condamné de tout temps à une vie toujours agonisante; mais Mme Thillon était seule là-bas, sans rivale; aujourd'hui Mme Damoreau se promène auprès d'elle et peut baisser la tête pour la regarder. Il n'est pas jusqu'aux *Diamants de la couronne* qui n'aient perdu de leur valeur depuis que l'on connaît *les chants Thillon*.

Je sais des gens qui tueraient une réputation pour et par un calembourg. — Fi! que c'est vilain!

Je suis un peu vaniteux, permettez-moi de vous lire un madrigal qui n'est pas mal tourné quoiqu'il soit de moi.

Mme Thillon voulut un jour lire mes voyages; et quelque temps après, me témoigna le désir de connaître les pays que j'ai parcourus et dont elle venait de voir des descriptions fort exactes. A ce sujet, je lui envoyai mes *souvenirs* avec le quatrain suivant :

> Partez donc, allez voir ces rives parfumées
> Où le gai bengali, dans son rapide vol,
> Arrache au frais rosier ses feuilles embaumées;
> Partez donc, car là-bas manque le rossignol.

Mon opinion n'a pas changé; Mme Thillon

est toujours charmante ; mais il est des voisinages qui écrasent.—J'ai un frère astronome...

M. Auber passe dans le foyer. Chapeau bas devant M. Auber, une de nos plus belles gloires nationales. Comme il est pressé! il est vrai que le clair de lune est magnifique. Sa calèche est là qui l'attend à la porte ; les arbres sont parés de leur belle chevelure, l'air est suave, et le bois de Boulogne tout parfumé d'une poésie silencieuse. Les poumons se dilatent à ces belles nuits printannières. Jouissons-en au profit de notre santé, de notre talent et des plaisirs du public.

Demain, M.me Thillon, chantera à ravir.

On regrette toujours de ne plus voir glisser dans le foyer de ce théâtre, Jenny Leplus, suave comme une douce pensée à l'ame ; silhouette harmonieuse et fraîche dont personne n'a perdu le souvenir. Cette actrice était adorée du public qui l'applaudissait devant la rampe, et chérie de ceux qui la voyaient dans le monde, parce qu'elle est bonne et indulgente. A notre vif désappointement, M.me Jenny Leplus voyage. Les astres changent de place au firmament; mais ils ne s'éteignent pas.

Voici, fraîche et pimpante, M.lle Rossi, tout embaumée encore des brises alpines et du beau ciel ausonien. Elle entre, elle promène sur tout le monde un regard dominateur, et elle se sent reine par la puissance, sinon par le mérite;

salut à Mme Caccia, née Rossi. Scribe plane par-dessus tout cela. J'aurais pu en dire autant de lui, à propos des autres foyers.

Pauvre petite colombe désappointée ! Ah ! tu croyais t'emparer impunément de la *Dame Blanche!*.. Enfant ! ne sais-tu pas par quels chemins on arrive au trône, sur les théâtres ou dans les empires? Ma pauvre jouvencelle, ma gracieuse Félix, tu n'arriveras jamais ; tu as trop de principes, et ta jolie voix ne t'ouvrira aucune *voie*. La *Dame Blanche* sera jouée par Rossi.

Elle est brune comme une belle soirée d'automne ; elle chante comme une fauvette au déclin du jour ; elle s'assied là, sur le banc, ainsi qu'un oiseau de nuit dont les ailes sont fatiguées : soyez la bien venue, Mlle Berthaud; il y a autour de vous un parfum de modestie qui vous embellit encore.

MM. Crosnier et Cerfbeer ont, depuis peu, fait raffle complète de jolies femmes. Le talent venant en aide, comment voulez-vous que chôme le théâtre? Mme Potier tournerait bien des têtes dans ce foyer, si la sienne et son cœur n'étaient pas si solides.

Bonjour, Moreau-Sainti, nous sommes de vieilles connaissances, n'est-ce pas? Vous étiez bon chanteur et excellent comédien à Bordeaux; les uns ont passé là-dessus sans trop vous chercher querelle. Est-ce que votre femme n'a pas le même privilége, et ne dit-on pas toujours la belle Moreau-Sainti ?

Couderc se sert trop souvent de son nom pour se dire indisposé. Un *coup d'air* n'est pas toujours chose désagréable, puisque voilà ce jeune chanteur que bien des jeunes minois fêtent et courtisent, et que le public applaudit chaque soir. Au foyer, Couderc compte ses fredaines de la journée. Vous êtes un indiscret ; et si je l'étais autant que vous, monsieur, vous vous rongeriez les ongles de dépit. Cherchez.

C'est encore une belle figure, une jolie femme, un beau talent. Vous ai-je montré Mlle Capdeville, modeste cantatrice dont les débuts ont été si brillants, et qui n'a pas l'air de s'en apercevoir. Voyez comme elle est bien venue de tous ses camarades et des compositeurs qui lui doivent déjà tant de reconnaissance. Dans ce théâtre damné, il faut ouvrir ses oreilles à la mélodie des notes, et fermer son cœur à la mélodie des paroles et du regard.

Chollet et Mme Prévost, courent le monde ; j'aurais pu dire aussi qu'ils font courir le monde. Ah ! c'est que ce sont des talents éprouvés ; ils ont beau nous fuir, nous les atteindrons bientôt, et les derniers applaudissements qu'ils ont reçus ne sont pas les derniers que nous leur ferons entendre ; nous ne leur avons pas dit adieu, mais au revoir ; et le foyer de l'Opéra-Comique garde précieusement leurs deux siéges voisins.

Henri et Masset se placent aux deux extrémités opposées du foyer. Il n'y a pas d'orgueil dans ce fait du hasard, et cependant ce sont là deux véritables colonnes d'édifice. Je vous blâmerais fort si vous ne saviez pas que Masset compose des chants délicieux.

Marié a fait un bond; le grand Opéra s'est emparé de cet acteur, et a dit voilà un *bon bond*. Marié est peut-être un démenti au proverbe si connu:

Tel brille au second rang qui s'éclipse au premier.

En effet, Marié médiocre à Feydeau est parfaitement à sa place à l'Académie royale de musique.

L'entrée de Roger au foyer est une bonne fortune pour ses camarades qui l'aiment parce qu'il les aime tous. Roger cumule, c'est un excellent artiste et un excellent comédien; le pas qu'il a fait dans le *Guittarero* est un pas de colosse.

Mocker a la conscience de son talent et un talent de conscience; il passe sans rien dire au foyer, parce que cette grande salle lui paraît insipide; il a raison.

Grignon est un de mes vieux amis; je n'en dis rien dans la crainte qu'on n'accuse mon affection sincère pour lui..... C'est là un éloge

mérité. — Ricquier et Daudé glissent par là en
coureurs d'aventures. Je ne serais pas surpris
qu'un de ces jours une main féminine ne leur
arrachât les yeux.

C'est une bien gracieuse chanteuse que
Mlle Darcier, que vous voyez là s'étaler ; c'est
aussi une bien gentille *damoiselle*..... Crosnier
le sait bien, puisqu'il a signé avec elle un bel
engagement..... Privilége de directeur.

Quelle perte le foyer va faire bientôt ; la direction se met dans le *pétrin* en se privant de
Boulanger. Mme Boulanger ne sera remplacée
par personne au théâtre ; elle ne le sera par personne non plus dans le cœur des artistes. Nous
conseillons amicalement à la direction de ne
pas laisser partir une femme qui peut rendre
encore de si grands services , et qui laisserait
une place en deuil au foyer.

On escalade le local par des marches en pierre
fort propres donnant sur la rue Favart ; on
monte encore, on tourne un corridor régulier,
on entre et on se trouve dans une très grande
salle ornée d'une cheminée, d'un détestable
piano, de banquettes rouges en velours d'U-
trecht, au-dessus desquelles se détache en saillie une énorme baguette en cuivre jaune, ser-
vant, pour ainsi dire, d'oreiller aux artistes,
et empêchant leur poudre et leur pommade de
détériorer le papier de tenture : luxe et indi-
gence à la fois.

Au total, tristesse, morosité, excepté dans les cœurs féminins, tous gonflés de bitume. Vous savez quelles sont les exceptions.

FOYER DE LA RENAISSANCE.

CECI est triste, pâle, enfumé, soporifique.
Je l'ai vu naguère brillant, coloré, plein de
vie et de passion.

Le drame échevelé, le vaudeville piquant,
la comédie musquée, la tragédie sans cothurne,
et l'opéra turbulent s'y pressaient, s'y ru-
doyaient, s'y culbutaient sur les banquettes,
auprès du piano, autour de l'âtre flamboyant;

et au milieu de ce monde d'artistes tourbillonnaient des auteurs dramatiques, des feuilletonistes, des faiseurs de romans, des peintres, saluant ceux-ci de la main, celle-là du coin de l'œil; mais si discrètement, si dévotement, que nul n'en pénétrait un mouvement, un geste ou une syllabe, excepté l'amant ou le mari, seule personne intéressée à tout savoir.

Oh! c'était le beau temps de la Renaissance que celui dont je parle.

Là, Thillon, Laborde, Euzet, Guyon, Dorval, drame incarné, et quelques autres artistes de talent et de conscience, luttaient d'énergie contre la fatalité qui semble s'être appesantie à toute époque sur ce théâtre de malheur.

Arrêtez si vous pouvez la cataracte du Niagara ou l'avalanche se précipitant de la cîme des Alpes! *Madame se meurt, Madame est morte.*

Drame, opéra, comédie, vaudeville et tragédie! que vouliez-vous qu'il fît contre cinq? qu'il mourût! Ainsi fit-il. Paix au trépassé.

La Renaissance est tombée deux ou trois fois du haut de sa gloire; et la voilà cependant encore au jour de sa résurrection.

Anthénor Joly porta seul long-temps le sceptre qui l'a écrasé; mais les lettres et les arts lui doivent des remercîments, car il y a eu à la Renaissance argent et couronnes pour les uns et pour les autres. Hélas! voici le cadavre du bel athlète. Quelques artères battent toujours

puissamment, j'en conviens; et il y a du sang
généreux dans ces corps qui s'agitent sur cette
vaste scène.... C'est peut-être la secousse de
Volta. L'immobilité viendra après ce mouvement factice. Dieu veuille que ma prédiction
reçoive un éclatant démenti.

Frédéric Lemaître s'est chargé de mainte-
nir à flot le navire à demi submergé de la Renaissance. Mais qui nous répondra de Frédéric
Lemaître, si inconstant, si irritable? Si Frédéric le voulait, tout théâtre cacochyme de-
viendrait fort et nerveux. Voyez; il passe là
au milieu du foyer tout plein encore du rôle
qu'il vient de créer, tout fier de l'enthousiasme qu'il a excité dans l'auditoire; ses camarades le regardent sans jalousie, parce qu'ils
reconnaissent sa supériorité.

Boucher se montre peu au foyer. Il a tort
pour nous qui aimons à l'y rencontrer, il a
raison pour lui; car il ne veut pas de distrac-
tion dans les entr'actes. Boucher est un homme
de conscience et de talent.

Mathis est une vieille connaissance à moi.
Je l'ai vu et applaudi à Bordeaux, je l'ai encore applaudi à Paris. Le drôle cajole les messieurs, il cajole encore plus les dames, mais
avec bon ton, avec mesure; prenez garde, il
n'est pire eau que l'eau qui dort. Mathis est
un acteur de création.

Fargueil aime à raconter; il vient de Toulouse, je crois même qu'il est de la Garonne.

Vous n'en douterez plus si vous l'écoutez parler. Fargueil fait de la philosophie hypocondriaque au foyer ; il est mécontent de tout, excepté de lui ; le public est de son avis.

Chéri. Je vous défie de ne pas l'aimer comme homme et comme artiste, ce comédien plein de talent et de probité. Il y a profit à lui serrer la main; le foyer se réjouit de sa présence.

Chambery est une personne *Ville*.... Avec lui on peut essayer le calembourg, on ne craindra pas une juste application. Chambery au foyer et parmi nous est ce qu'il est au théâtre, c'est-à-dire, vrai, naturel et sans charge. Bonjour à Chambery.

Henry est le plus tatillonneur des comédiens de la Renaissance. Il se faufile tout gros qu'il est sous les tabliers, sous les collerettes, je crois même sous les corsets. Si Henry n'avait pas tant de défenseurs dans le public, je lui chercherais noise ; mais j'ai peur ; les dames sont plus aguerries que moi, elles le laissent faire.

Milon est un artiste de présent et d'avenir. Je réfléchis, il est comédien. Donnez de confiance un rôle à Milon, il le jouera avec talent. Milon ne se montre guère au foyer, que lorsqu'il sait que Mme....... Ah ! j'allais commettre une indiscrétion ; silence ! bavard.

Derville se fait très bien sa petite case. Au foyer il dit son petit mot, et il y obtient son petit succès; toutes ces petites choses en valent une grande.

Kopp a du comique, du mordant; mais il le réserve pour la scène, et il a raison, trop de prodigalité nuit.

Je suis fâché de ne pas connaître mieux M. Amand, dont on m'a dit du bien, et qui se promène là comme une ame en peine; est-ce qu'il y aurait une passion dans le cœur de cet *Amand*? cela ne me regarde pas.

Charnot..... pléonasme. Je ne veux pas répéter ce que je viens de dire de M. Amand.

Je nomme Lauri pour nommer tout le monde, les habitués du théâtre le connaissent mieux que moi.

Voici une belle fille. Voici une belle comédienne. Voici une bonne femme, si je l'aimais moins je vous en dirais plus de bien. Le public la vengera de mon silence; c'est que le public n'entre pas dans les petits détails de ménage et applaudit au zèle, à l'énergie, à l'imprévu. M.lle Fitz - James se promène au foyer comme une reine au théâtre; elle y est reine en effet par la puissance de son mérite.

Marie Didier est un saule pleureur. Il y a des larmes dans toute la désinvolture de cette jeune femme. Sa place est marquée par conséquent à ce foyer si triste; mais M.lle Didier aime mieux ce qui fait réfléchir, que ce qui ennuie. M.lle Didier est une fille de bon goût.

M.lle Charton s'est fait un nom sur plusieurs

grandes scènes. C'est un miracle de la voir au foyer.

Castellan : vous jureriez à voir ce petit serpent-là que toutes les passions sont dans sa tête, et que son cœur est à l'abri d'une séduction. Pauvre petite, ton jour d'esclavage viendra et tu ne riras pas toujours comme tu le fais de ces pressions de mains énergiques, de ces coups-d'œil clandestins, de ces soupirs à demi-étouffés qui t'enveloppent, et contre lesquels tu seras bientôt sans défense. Crois-moi, ne joue pas avec le feu. A l'heure où je te parle, peut-être penses-tu déjà, et la pensée, jeune fille, précède de bien peu la défaite. Tiens, il me semble que tu ne ris déjà que du bout des lèvres ; prends moi pour ton confident puisque je ne puis pas être autre chose. Si tu avais moins de talent, j'aspirerais à d'avantage ; mais qui l'emportera ? Il y a là un essaim d'adorateurs.

M.me Valory est longue et jolie ; elle est souvent au foyer, elle y est presque toujours. Elle cause bien, aussi cause-t-elle sans cesse..... de l'ennui.

La conversation de M.me Valory est un cliquetis perpétuel. Ce sont des mots enfilés les uns après les autres et se déroulant comme les grains d'un collier de perles..... fausses. C'est du bruit, du vent, on en est étourdi, abasourdi, abruti au foyer du théâtre comme au foyer domestique, et j'en sais quelque chose. Il n'y a de temps et d'espace que pour elle. Je vous défie de placer un mot, à moins qu'elle ne tousse, et encore !

Faites une historiette ? crac, Mme Valory vous interrompt et conte. Faut-il donner une réplique ? crac ! Mme Valory est debout. Le mot *moi* a quatorze syllabes dans sa bouche ornée de dents si jolies, si petites, si aigues, si bien alignées qu'on voudrait s'en faire mordre. Roi ou *Berger*, nègre ou blanc doit se soumetmettre à Mme Valory.

On se récrie beaucoup sur la *petitesse* de sa main ; le moraliste citerait bien d'autres petitesses. Quant à son talent, j'en parlerai lorsqu'il existera !

Le nom de Crette est répété en écho dans le public.

Hostein le régisseur fait prévenir que le rideau se lève. Poursuivons vite notre analyse et complétons rapidement cette esquisse.

Mme Weiss, a de la verve, les méchants disent qu'elle est méchante, croyez par conséquent qu'elle est bonne.

Je ne demande pas mieux que de croire au bien qu'on me dit d'Antonia, isolée, immobile sur le banc du foyer.

L'excentricité de Joséphine est chose patente ; elle allumerait un foyer plus tiède encore que celui de la Renaissance.

Mlle Joséphine est faite au tour, heureux ceux qui la voient et qui peuvent en juger !

Bonsoir Juliette, le lustre s'éteint, le feutier

me dit que les quinquets sont baissés dans les corridors. Me voilà forcé de gagner la rue ; plus rien ne s'entend au foyer du théâtre, il change d'aspect, il n'en est pas plus triste pour cela. *Quantùm mutatus ab illo* ! cela veut dire mesdames, que les jours se suivent et ne se ressemblent pas.

FOYER DU VAUDEVILLE.

———◆———

L'ENTRÉE du logis donnant dans la rue des
Filles-Saint-Thomas, est sale et noire; le petit
carré qui suit est noir, sale et enfumé; les
quelques marches posées plus loin sont noires,
sales, enfumées et graisseuses. Vous montez un
escalier inégal. Voici le portier; grimpez encore, puis encore un tournant; et quand, au
risque de vous rompre le cou, vous avez glissé

dans un boyau étroit et sombre, vous poussez du pied une porte en toile qui s'ouvre, et vous voilà dans le foyer du Vaudeville, assez large, assez spacieux, assez aéré, orné de banquettes coquettement usées, de deux croisées soufflant de la fraîcheur à la saison des frimats, et d'une cheminée donnant de la chaleur à la canicule.

Ce monsieur qui passe et disparaît c'est Trubert, le dominateur du lieu. Il s'arrête rarement au milieu des pensionnaires qui s'arrêtent rarement aussi auprès de lui..... Il y a eu tant de procès entr'eux ! Après la tempête, les flots sont encore mutinés ; la mer est encore houleuse, quand les vents ont assoupi leur rage.

Vizentini, le régisseur en chef, a donné ses ordres. On place le tableau des répétitions du lendemain (murmures); on distribue des rôles (murmures); on donne l'affiche du spectacle (murmures). Vizentini explique comment la nécessité parle ; il salue celui-ci, interroge celui-là, répond avec bienveillance à un troisième ; les caprices se taisent, les irritations se calment.

Une autre affiche est placée sous le grillage: *Mardi paiement.* Tiens ! c'est drôle, je n'y croyais pas ! ça me surprend, ça m'abasourdit. — Voyons que je relise encore. — C'est bien cela ! *Mardi paiement.* Que disait-on?..... Le tonnerre a grondé dans l'espace ; la foudre n'a pas éclaté, voilà tout. Ce n'est pas le bruit qui tue ; Trubert se porte à merveille.

Un , deux, trois , quatre , dix , vingt calembourgs résonnent : c'est Ballard , Ballard le
jovial, qui va disséquant les mots, les syllabes,
rit le premier de ce qu'il dit , et ne se fâche
nullement s'il vous voit faire la grimace ;
Ballard , rival de Lepeintre , qui le regarde en
pitié du haut de sa rotondité, et qui lui lance à
la face quolibet sur quolibet que l'ingambe
Ballard va colporter comme neuf dans les coulisses et les corridors de la salle. Ballard ,
voyez-vous , a plus d'esprit que vous ; car il a
le vôtre , puis le sien , puis celui du voisin ,
puis celui de la voisine , puis encore celui du
caniche qu'il pousse du pied. Ballard jappe ,
crie , chante , siffle ; Ballard, du reste, est un
bon enfant.... Bonjour, Ballard.

Gare la bombe !.... C'est Lepeintre jeune ,
c'est de la bonhomie , de l'esprit , des lazzis ;
voyez comme il tourbillonne auprès des vieilles
et des jeunes prêtresses de Momus ; vous diriez
un éléphant dansant autour d'un bouquet de
roses. On a toujours dit que le contenant était
plus gros que le contenu. Lepeintre jeune donne
un énergique démenti à cette vérité des temps
passés. Quand Lepeintre jeune est dans un
salon , on demeure tout surpris qu'il y soit, et
l'on craint que les murs n'éclatent.

Rien n'est cependant moins lourd que le gros
Lepeintre. Je l'invite seulement à ne pas tant
user du calembourg, et à laisser cette besogne
à son camarade Ballard. C'est assez d'une

avalanche dans un foyer. Si vous n'avez pas ri au jeu excentrique de Lepeintre jeune, c'est que vous ne savez pas rire.

Fontenay se place la main à la hanche, le pied en avant, le chapeau à plumes sous le bras. Fontenay est un récent marquis de l'ancien régime. Fontenay devrait toujours être poudré et avoir une épée au côté.

Félix cause toujours à voix basse, il semble vouloir se reposer de ses travaux scéniques, et il est bon à entendre sur tous les diapasons. Le premier pas de Félix, sur notre scène de vaudeville, a été un pas de géant : on jouera maintenant les Félix comme on joue les Lafont et les Paul.

Berton fredonne sans cesse : il a raison ; je l'aime mieux quand il chante que quand il parle.

Arnal entre : c'est Arnal! Il vient de désopiler la rate du public ; il se débat contre son mérite, et il lui en veut presque de faire gagner tant d'argent à un homme pour lequel il a l'affection la plus tigresse. On assure qu'Arnal répétait naguère avec un poignard dans sa manche, afin d'en chatouiller les côtes de M. Trubert, si celui-ci faisait mine de vouloir lui apprendre son métier. Qui peut apprendre son métier à Arnal? Arnal a eu vingt procès avec son directeur ; peu s'en faut qu'il n'en ait gagné vingt-et-un. Ceci est une affaire d'habitude, il gagne aussi tous ceux qu'il plaide

devant le public ; mais ici ce sont les battus qui
paient l'amende et qui applaudissent chaude-
ment à leur défaite. Arnal, disent quelques
médisants, est un mauvais coucheur ; eh bien,
corbleu! n'allez pas coucher avec lui : Qui vous
y force, messieurs. Ah! pardon! c'est mesdames
que je voulais dire. Quand Arnal joue, recette
double; quand il se repose, la salle sonne
creux. Arnal m'égaie moi, pauvre aveugle,
qui ne puis que l'entendre ; vous êtes bien heureux vous qui pouvez le voir !

Amand, le tout petit et imperceptible Amand
se glisse dans les interstices formés par les
groupes et dit en passant son joli mot, souvent
égrillard, mais jamais assez échevelé pour que
ces demoiselles l'égratignent. L'acteur a dans
le foyer tout l'esprit qu'il prête à ses rôles.

Hyppolite entre en fredonnant son couplet ;
et puis, prenant la main de sa voisine de droite,
il lui adresse un compliment ou lui décoche
une déclaration qui va tomber d'aplomb sur sa
voisine de gauche. Jaloux, je vous dénonce
cette perfidie.

Ils se tiennent par le bras, ils ont la même
physionomie, le même talent, les mêmes humeurs. Ils sont cousins par les lois, ils sont
frères par les affections ; ils sont mieux que
tout cela. Si l'un est fier, c'est que le public
vient d'applaudir l'autre ; si celle-là sourit,
c'est qu'on a fait un excellent accueil à celui-ci.
De la gaîté, du bon ton, point de rigorisme

ridicule, comprenant la plaisanterie depuis le front jusqu'à la ceinture, comédienne décente, artiste par l'ame, se délassant des rudes études scéniques dans les joies pures d'un intérieur sans orages. Voilà Mme Taigny. Vous devinez qui l'accompagnait lorsqu'elle est entrée dans le foyer : C'était un homme jeune, aux bonnes manières, plein d'ame et de chaleur ; c'était un comédien comme il en faudrait dans tous les théâtres d'élite : c'est Taigny.

Elle est svelte, élégante et jolie. Elle se montre, glisse, passe, on ne lui a rien dit. Elle s'assied, interroge d'un regard assuré les physionomies silencieuses..... partout un froid glacial. Hier, c'était une douce température ; aujourd'hui, c'est l'hiver. Pourquoi ?........ Mme Doche est la seule au monde qui ne veuille pas résoudre le problême. Peut-être ne l'ose-t-elle pas..... Je me trompe, elle ose davantage. Le talent de Mme Doche est de notoriété publique.

Bonjour ! mon ami. — Comment cela va-t-il? — Êtes-vous allé au bal, hier ? — Venez-vous dîner demain avec moi ?

C'est ainsi que Doche, chef d'orchestre du Vaudeville, est reçu parmi ses camarades et les auteurs. Il y a tout profit à être homme de talent et honnête homme.

Fleury est bien à la rampe ; depuis quelque temps il est mieux dans le monde ; partant, mieux accueilli au foyer. Fleury est le frère de Mme Doche.

Tiens, mon ange, voici un fauteuil ; couvrons-nous bien les épaules. Ah ! ah ! nous ne jouons pas demain : nous irons au Cirque, au Palais-Royal, c'est un théâtre délicieux. Voulons-nous une glace, une chaufferette ? Ah ! nous avons oublié nos gants dans la loge, je vais les chercher. Attends-moi, chère..... Les voici. Gare ! gare ! c'est à nous, diable ! ne manquons pas notre réplique. Vite, vite ; parlons haut et ne grasseyons pas. Mlle Balthasar, à qui ces mots empressés s'adressent, est la plus emmaillotée des créatures; on dirait qu'elle ne chemine qu'entre deux édredons. Le public est un rival désapointé.

L'excellente Mme Guillemin est accueillie par les témoignages de l'affection la plus vraie; et les D.^{lles} Darcy, dont le talent grandit mensuellement, se voient entourées de soupirants, sous les yeux, sans cesse attentifs, d'une mère inquiète. Fi ! madame ; elles sont assez sages pour se protéger elles-mêmes. N'importe, veillez toujours ; deux assurances valent mieux qu'une; et je vois là un artiste séducteur d'un théâtre rival, sur lequel je vous conseille d'attacher sans relâche votre regard d'aigle.

Ravel et sa femme ont quitté le Vaudeville ; c'est dommage ; j'aurais trouvé, sans doute, à vous dire de douces paroles sur ce ménage tout artistique. Bonne conduite et talent voya-

*

gent souvent de compagnie. Ravel ne rit pas seul ; la foule le sait de reste.

Et moi, qui allais oublier cette douce et suave silhouette, à l'organe si pur, aux manières si distinguées, à l'œil si velouté, au talent si gracieux! Pardon Mme Thénard ; la tête est plus coupable que le cœur.

Voici la piquante et spirituelle soubrette de la Comédie-Française. De l'esprit dans la gaîté, de l'esprit dans la parole, de l'esprit aussi dans le silence. Ai-je besoin de vous nommer Mlle Brohan?

Bourotte est un excellent maître de chant ; mesdames et messieurs je vous le dénonce. Il a fait tel, tel, telles, telles, qui chantent juste, et Mme Val..., qui chante faux, et en véritable fileuse. Donnez, si vous le pouvez, de l'harmonie à un ressort de pendule.

Ludovic est le second ou troisième régisseur du théâtre. Il va bien comme acteur, il irait mieux encore si on avait plus de confiance en lui ; il faudra que j'essaie. Ce petit polisson me recommande Adolphe, son camarade. Est-ce que ce jeune comique a besoin de recommandation?

La jolie Marie est jolie et gentille à la fois ; et le début de Mlle Fontenay promet un bel avenir à cette jeune pensionnaire.

Armand a une brochure à la main ; c'est le souffleur. Le coquin est tellement habile qu'il ne souffle pas seulement les mots ; mais l'in-

tention. Armand a droit à trois mille francs
d'appointements.

Dans ma course rapide, j'ai placé çà et là,
vous vous en êtes aperçus, la tête et la queue;
mais qu'importe, lecteur, vous savez aussi
bien que moi le rang que doivent occuper les
personnages de ma pièce. A vous cette tâche;
à moi celle de ne rien oublier.

Je croyais avoir achevé mon thème, quand
une main robuste est venue s'appuyer sur mon
épaule : Bonjour, l'ami; ça va bien? — Pas
mal, et vous? — Moi, je me porte mieux que
le Pont-Neuf. Avec les applaudissements du
public, on n'a jamais la fièvre. — En ce cas,
mon brave, vous vivrez comme Mathusalem;
car ce public, dont vous parlez, ne se lasse
jamais de crier bravo! dès qu'il vous aperçoit.
— C'est, grâce à lui, mon cher, que j'ai perdu
mon accent de Toulouse. — Fat! vous avez
encore quelque chose de *Blagnac* et d'*Agen*.

Bardou frappa plus fort sur mon épaule, et
nous nous quittâmes les meilleurs amis du
monde.

Et maintenant, au milieu des artistes qui
s'agitent, s'égayent, glosent et médisent,
jetez des auteurs dramatiques qui viennent dans
ce vaste salon étudier les allures de celui-ci,
les petites manières de celle-là, les réflexions
de la soubrette, les grands airs du premier
rôle, et vous aurez le tableau complet du foyer
du Vaudeville.

Voici Altaroche, le charivari incarné, c'est-à-dire, l'esprit et la saillie dans ce qu'ils ont de plus piquant, de plus sarcastique : étonnez-vous après cela si le drôle est écouté, entouré, choyé; mesdames, tenez vos cœurs à deux mains.

Eugène Guinot vient si rarement que j'aurais envie de le passer sous silence. Pourquoi caresser qui nous afflige?

J'en dirais autant de Dumersan qu'on est tenté de croire mort, quand on ne l'a pas vu à trois ou quatre foyers au moins dans la soirée. Sa présence est une joie parmi nous.

Rosier se montre et disparaît. Clarté et ténèbres. Rosier a plus que de l'esprit, si le savoir est au-dessus.

Alexandre de Longpré glisse dans le foyer ainsi que le fait Rosier; *trois chapeaux* le saluent; tant pis pour ceux qui ne me comprennent pas.

Roger de Beauvoir y parle de l'Allemagne, de l'Italie, de l'Angleterre, de la Russie, en homme qui a étudié les pays et les mœurs avec profit et intelligence; cela sent la bonne maison.

Rochefort, dont les succès n'ont pas enflé la vanité, y dit avec défiance ses espérances à venir. Rochefort rit franchement des jovialités des autres, parcequ'il s'aperçoit qu'on rit des siennes. C'est la bonne école du Vaudeville. Désaugiers l'eût appelé son frère.

Vous connaisez Duvert et Lauzane, ces écrivains excentriques qui ont tant désopilé de rates, et fait sourire tant de directeurs. Vous ne croiriez pas, à les voir, qu'il soit sorti de leur front calme une si prodigieuse quantité de folies et de spirituelles bêtises.

Si je sépare Xavier Saintine de ses deux collaborateurs, c'est que celui-ci semble tout d'abord faire disparate avec eux. C'est l'érudition sans pédantisme, c'est le savoir sans fatuité, c'est l'homme de bon sens et de forte logique, qui se délasse dans l'intimité de ses extravagances jetées au public avide de les entendre et de les applaudir.

Anicet Bourgeois n'a pas voulu qu'un seul des théâtres de la Capitale restât privé de ses productions sérieuses ou bouffonnes. Il vous faudrait bien de la mémoire pour me citer une chute d'Anicet Bourgeois.

Lopez vient aussi au foyer. Quand on cherche bien, on l'y trouve abrité sous un éventail de dame ou dans une botte de Lepeintre jeune. Il jappe ; alors on le voit, on l'appelle, on se baisse pour lui parler, on le hisse sur une table afin qu'il vous entende, et on s'aperçoit qu'il a de l'esprit ; petit bonhomme vit encore.

Mallefile se présente trop rarement au foyer ; tant pis pour le foyer qui aime à redire les paroles des hommes de goût et de talent.

M. Bi.... ne renonce pas à ses vieilles habitudes ; je l'en remercie pour ma part, car à tout.

âge on aime à s'instruire. Il y a toujours quelque chose d'utile à apprendre à la conversation de M. Bi....

Desvergers et Varin, Siamois par le talent et l'affection, gardent quelque rancune à la direction du Vaudeville : c'est que sans doute la direction est ingrate envers ces deux écrivains créateurs d'un genre qui a fait leur réputation et celle de bien des artistes.

Au total, le foyer du Vaudeville, où viennent encore se reposer et s'égayer quelques autres hommes de talent que je retrouverai autre part, est peut-être le plus décent, le plus paisible, le plus littéraire de la Capitale. La Morale y est sans mitaines et la Folie avec un voile.... Une tache n'obscurcit pas le soleil.

FOYER DES VARIÉTÉS.

———◦◦◦———

ON entre, on sort, on marche, on court, on gambade, on pirouette; on se pousse, on se heurte, on se parle bas, on crie, on chante faux ou juste; on s'enlace, on se mêle, on se sépare brusquement au bruit de la sonnette, ou aux cris du régisseur... C'est le premier coup-d'œil jeté sur le foyer des Variétés.

Ainsi Dieu dût-il commencer à déblayer le

chaos. Ce sont ici vingt éléments divers qui se
battent, se combinent et se confondent. Sera-ce
de l'air, de l'eau, du feu! A coup sûr ce n'est
pas de la terre, à moins qu'on ne la suppose en
combustion. Si le foyer du théâtre des Variétés
n'est point assis sur un volcan, comme l'Etna,
le Vésuve, ou le Cotopaxi, je ne sais quelle matière bitumeuse met sans cesse en ébullition
cette foule agglomérée dans cet étroit espace.

Je me trompe pourtant, et je sais qu'elle est
la matière inflammable qui agit sous les pieds
des êtres, tourbillonnants comme des sabots
fouettés par le bambin des boulevards... Cette
matière, ce sont les passions; car il y a des passions au foyer des Variétés.

Les lignes qui précèdent pouvaient être
écrites alors que les Potier, les Brunet, les
Tiercelin, les Bosquet-Gavaudan, les Elmire,
les Aldégonde, les Flore et autres artistes qui
ont laissé un beau nom dans l'histoire des théâtres, enrichissaient les directeurs de cette scène
si pittoresque, si excentrique, où se pavanaient
les Napoléon, les Berthier, les Cambacérès.
(T'en souviens-tu, Cuizot?)

Alors aussi, deux loges des premières, celles
qui touchaient la galerie et le balcon, étaient
occupées par des nymphes errantes. Les dames
de certains lieux choisissaient parmi leurs plus
jolies pensionnaires; et celles-ci, parées comme
des bergères de trumeau, faisaient à chaque en-

tr'acte des courses dans le voisinage, et reve-
naient plus vermillonnées que jamais.

Je vous l'atteste, la prospérité d'un théâtre
est la richesse de tout un quartier.

Autre temps, autres folies; autre époque,
autres mœurs.

On ne rit aujourd'hui que du bout des lèvres,
on ne saute que du bout du pied; toutes les
passions sont des passions d'épidermes; l'es-
pèce humaine est abâtardie, et on jurerait que
l'on craint d'être heureux. Alors, on était jeune
à cinquante ans; aujourd'hui on est vieux à
vingt-quatre; pauvre petite planète errante
dans l'espace, te voilà dans la décrépitude.

Soyons donc peintre de notre époque, puisque nous avons accepté cette pénible tâche.

Tudieu! quels deux beaux hommes, quelles
deux belles têtes, quelles deux belles char-
pentes! Ici, l'œuvre du Créateur est complète.
Erreur, pourtant, car l'un des deux a des cors
aux pieds. Celui-ci, c'est Lafont; celui-là, c'est
Brindeau.

Vous connaissez le premier; je vous gronde-
rais, si vous ne connaissiez pas son camarade,
son ami. Lafont joue les amoureux depuis bien
long-temps; mais il cumule, car il joue aussi
les amoureuses; et celles-ci, il les joue sous
jambes. Grand libertin! Je vous dirais cent ouvrages que Lafont a soutenus de son talent
chaud, passionné, de bon goût.

Je vous en dirais deux cents, si je cherchais

bien. Loin de faiblir, son mérite a grandi dans les dernières créations de cet acteur plein d'intelligence. Saint-Georges, le Chevalier du guet et Austerlitz, ont valu des médailles d'or à Lafont. Je n'aurais pas été si souvent sifflé, si plus souvent il avait voulu accepter un rôle dans mes pièces; aussi ai-je quelque rancune contre lui.

Brindeau est un beau garçon, parfaitement taillé; c'est aussi un jeune coureur de ruelles, dont quelque jour je vous dénoncerai les fredaines. Il papillonne au foyer, comme s'il vivait dans la disette de femmes. Voyons, Brindeau, ne vous faites pas ainsi la part du lion, vos succès devant la rampe ne vous suffisent donc pas?..... Quel accapareur!

Lepeintre aîné est une de nos vieilles gloires, jeune encore de talent et de cœur; cet artiste est un homme de bien par excellence, et, sans la crainte d'être grondé par lui, je vous dirais de ces choses qui honorent toute une vie.

Chapeau bas devant Lepeintre, comme homme et comme comédien.

Cazot est las du foyer; aussi l'y voit-on rarement. Le public n'est jamais las de lui, aussi le lui montre-t-on toujours.

Lionel étudie; il fait bien, et l'on s'en aperçoit. Sa causerie au foyer est fort récréative.

Hyacinthe a eu de très heureuses créations. Le Maître d'École lui vaut une couronne de laurier. C'est une des colonnes du foyer. Hyacinthe

sait l'histoire cachée de toutes les jeunes filles
du quartier Montmartre. Prenez garde à vous,
mesdemoiselles.

Coquin d'Odry! En vérité, je crois que tu de-
viens philosophe. Odry, de l'école de Pascal et
de Montesquieu! Eh! pourquoi pas? Vous m'en
voudriez, si je vous analysais le talent de mon
bon Odry; vous le savez par cœur, et je ne vous
apprendrais rien de nouveau. Odry au foyer,
a la tête de côté et l'œil en coulisse. Il jette encore son mot galant à droite et à gauche. Sa-
tané vainqueur! A quand ta retraite devant les
belles? N'as-tu pas assez de tes triomphes sur
la scène? A la diète, drôle!

Dussert est un acteur d'intelligence et de raison, qui passe rapidement au foyer, parce que
ce n'est pas un lieu d'étude.

Adrien et Prosper ne sont pas médiocrement
comiques. On disait cela de Régnard, et l'on
sait la place qu'occupe Régnard dans notre littérature.

Levassor est le plus amusant des comédiens.
Voulez-vous un cornet à piston? Levassor est
cornet à piston. Une flûte? Levassor est flûte.
Voulez-vous des tours d'adresse? Levassor es-
camote comme Comte et moi. Voulez-vous un
gros homme? Prenez Levassor. Une femme ef-
flanquée? Encore Levassor. Désirez-vous une
voix de trombonne? Que Levassor hurle. Une
voix d'enfant? Donnez de la bouillie à Levassor.
Levassor fait l'ours, le coq, le dindon, le che-

val..... Levassor ne sait pas faire l'âne. Levassor est un orchestre et une ménagerie à la fois. Si j'entends Levassor le matin, je suis gai toute la journée.

Et puis j'ai pleuré dans les Trois Dimanches, au désespoir de Levassor. Il est vrai qu'il m'a si souvent fait pouffer de rire.

Mlle Olivier répand dans le foyer un doux parfum de modestie qui s'évapore vite.

Mme Bressan y parle peu de la Russie, et beaucoup de la France. C'est patriote, si vous voulez; mais c'est peu uxorial. Notre langue est si pauvre, qu'on me pardonnera, j'espère, de franciser le mot latin. Elle et Olivier sont bien vues du public.

Quant à la belle Mlle Esther, excellente fille, joyeuse convive, aux allures si indépendantes, aux façons si juvéniles, gaillarde cavalière, au profil grec, au regard de tous les pays; c'est là une de ces femmes privilégiées, dont le talent consiste à se faire aimer de chacun de nous, et à qui on pardonnerait volontiers une infidélité, si elle était capable d'en commettre. Esther, voyez-vous, ne compte pas un amant parmi cette foule d'adorateurs qui ont essayé d'arriver jusqu'à son âme. Esther a de petites oreilles à tout entendre, de grands yeux à tout voir, une charmante bouche à tout dire, de jolies mains à tout saisir. Esther est la Diane pécheresse, c'est chasseresse que j'ai voulu dire. Nul ne l'attrappe à la course, à moins qu'elle ne s'arrête. Esther est une généreuse fille, qui ne veut pas qu'on la suive trop long-temps. Quand elle est sur la scène, les binocles la visitént ; sur le trottoir, on la poursuit ; au foyer, on l'écoute. Elle compte rapidement, succinctement ses conquêtes ; et quand elle a fini, c'est-à-dire au bout d'une demi-heure, on l'écoute encore parce qu'on a du plaisir et du bonheur à l'entendre. On se bat pour Esther ; je crois bien !

Esther, vous rappelez-vous qu'un soir, au Vaudeville, dans une confidence intime... Tiens, et moi qui allais jaser comme Esther. Elle vous dira tout ça *elle-même*. Quand je dis elle-m'*aime*, n'en croyez pas une syllabe. Il y a chance à succès pour un ouvrage, si l'auteur donne un rôle égrillard à Esther... Chacun son genre.

J'ai vu Mlle Jollivet fort jolie, à Toulouse ! On m'assure qu'elle est très jolie encore. Une dizaine d'années changent cependant bien une enfant.

Mlle Ozy est une actrice de bon goût et de bon ton, si l'on veut, elle apporte ses manières au foyer.

O charmante Boisgonthier ! Je t'aime là comme sur les planches, comme dans une causerie familière. Et pourtant je ne t'ai vue qu'une fois. La charité au pauvre aveugle ?... Dieu vous le rendra et moi aussi. Mlle Boisgonthier a fait, lors de son début, une mauvaise plaisanterie au public. Elle lui a parlé de sa frayeur. Qui peut se flatter de faire peur à Mlle Boisgonthier ?

Odry seul ; il est si laid. Je ne voudrais pas être Odry.

Flore ! Faites le tour de Flore. Faites le dix fois, si cela ne vous éreinte pas , et vous ne saurez pas encore tout ce qu'il y a de drôle , d'amusant, de gai, d'excentrique, dans cette femme bonne , pétillante, qui a compris la vie , et qui la traverse le plus joyeusement possible. Quand Flore joue, on la regrette au foyer ; quand elle est au foyer, on la regrette au théâtre. En un mot , on la veut toujours où elle n'est pas.

Je serais injuste de ne pas classer au premier rang, parmi les artistes de ce théâtre , Mlle Sauvage, à qui je dois un beau triomphe de boulevard : c'est du drame et de la comédie à la fois. Il est fâcheux que la comédie et le drame viennent si rarement au foyer.

Gardons-nous d'oublier aussi Mlle Edelin , piquante et gracieuse transfuge de l'ancien théâtre d'Harel. Heureux qui a le droit de causer avec toi sans tes rideaux de fil *et de lin !*

Tiens , voici une étoile filante de la Renaissance : c'est la toute gracieuse Castellan. Le foyer se ravive à sa causerie de jeune fille, et le théâtre Ventadour a fait là une perte qui le frappera au cœur.

Le foyer est en deuil de Vernet; les théâtres sont en deuil de l'un des meilleurs comédiens de l'époque.

Je garde rancune à M. Jouslin, le directeur du lieu ; sans cela, je vous dirais combien il est homme d'esprit.

Que voulez-vous? Je viens au foyer pour y chercher des portraits, et je n'y entends que de douces et fraîches voix, tintant doucement à mes oreilles, et sortant sans doute de bouches roses et gracieuses ; mais pas une, hélas! ne s'adresse à moi, dont les cheveux grisonnent. Bonsoir donc, mesdames et mesdemoiselles, je ne parlerai plus de vous, et pourtant j'avais tant de choses à dire encore ; vous y perdez autant que moi.

FOYER DU GYMNASE.

Vous montez un escalier raide et tournoyant, vous entrez dans un corridor tortueux et plane ; vous pouvez incontinent vous asseoir sur des banquettes usées, collées le long du mur. Je vous conseille cependant de vous tenir debout : il y a plus de sûreté pour les vêtements et les broderies.

Est-ce une alcóve, un foyer, un boyau, un

passage ? c'est tout cela et ce n'est rien du tout.
On y fredonne des refrains, on y répète les an-
ciens et jolis couplets de Scribe, on y chante
faux des airs d'opéra et des romances de Loïsa
Puget ; mais par-dessus tout on s'y ennuie, on
y bâille.

Là, sous un élégant costume de ville, ou pa-
rée d'une brillante toilette de théâtre qu'elle
embellit encore, Mlle Nathalie marche, s'arrête, danse, cause avec celui-ci, écrase d'un
coup-d'œil celui-là, se rit de tous, et ne garde
rien de l'amour ou de la passion dont elle enivre
ceux qui osent l'affronter. Mlle Nathalie laissera
un nom fort passable au théâtre et un nom au-
réolé dans Paris ; si elle le veut, elle emportera
la gloire des Pyrénées jusqu'à Brest. Ne la pro-
voquez pas, je vous prie, car elle irait depuis
les colonnes d'Alcide jusqu'à Stockolm. La dan-
gereuse syrène connaît sa puissance, et je suis
peut-être le seul dans Paris qui ne redoute pas
de me trouver à ses côtés : tâchez d'en deviner
la cause.

Voici Mlle Figeac au regard velouté, à la
taille élégante, à l'air candide et suave : pauvre petite biche innocente et langoureuse à qui
on donnerait le diable sans confession ! que ton
Dieu, que Plutus (ceci est de la mythologie,
mademoiselle Figeac,) te maintienne dans cette
apparence de candeur et de naïveté ! On me dit
de toi des choses bien brutales, que je ne veux
pas répéter, parce que ce sont sans doute de vi-

laines calomnies : j'aime mieux te croire sur parole la plus timide, la plus doucette, la plus ingénue des tigresses qui aient jamais rauqué depuis les solitudes africaines jusqu'aux immenses steppes de l'Indoustan.

Mlle Figeac est peut-être plus jolie que Mlle Nathalie ; mais elle est moins piquante aussi. Avec la première, le cœur jouerait quelque péril ; avec la seconde, ce serait la tête : avec toutes les deux, le coffre-fort.

Mlle Figeac fait de grands progrès en tout, mais principalement dans l'art dramatique : elle dit juste, et pourtant cela manque de vie, cela manque d'ame. Il y a surabondance de tout chez Mlle Nathalie. Hors de la scène, je serais indécis pour le choix ; devant la rampe, j'aime cent fois mieux la folle, le public est de mon avis.

Au surplus, elles s'aiment comme deux sœurs qui se détestent, et les petits mots aigre-doux, poinçonnés, tombant des deux bouches malignes, parcourent incessamment ce corridor délabré nommé foyer du Gymnase. En passant, disons à Mlle Figeac qu'il est imprudent à elle de lire à haute voix, devant ses camarades affligés d'une pareille irrévérence, certaines lettres écrites par certaines mains, et qu'on ne peut adresser qu'à certaines personnes.

Mlle Olympe Després a été supplantée dans les Ingénues par Mlle Figeac ; si Mlle Després l'avait voulu, elle eut gardé son poste. Demandez à

M. Laurencin. La reconnaissance est une vertu directoriale.

Vous voyez dans ce petit réduit Mme Julienne, sans contredit la meilleure duègne de Paris, bien vue, bien fêtée par tous ses camarades qui l'aiment autant que le public. La carrière artistique de Mme Julienne sera longue et honorable, le foyer du Gymnase se pare de sa présence.

Cette longue Perche, c'est Klein. Il est élancé, mais point ridicule ; car il y a de l'esprit et de la gaîté dans cette charpente. Échappé du boulevard du crime, il a dû faire de grands efforts pour perdre le genre *farce*. Autrefois en vogue dans le mélodrame classique, aujourd'hui Klein est un comédien habile et d'une haute intelligence : il se pose là dans le foyer comme une des plus solides colonnes du théâtre, et ce n'est point de ce côté que s'écroulera jamais l'édifice. Avant le Veau d'or Klein était long, aujourd'hui il est grand.

Ah ! voici Landrol que j'ai vu il y a plus d'un an *drôle* à Bordeaux, drôle à la Renaissance, drôle partout ; c'est un acteur de mérite qu'on aime comme acteur et qu'on estime comme homme de bien. Le foyer du Gymnase n'a jamais retenti d'une épigramme de M. Landrol.

Fichtre ! quelle belle femme ! C'est Mlle Nongaret que j'ai applaudie à Bordeaux jeune et florissante, aux Variétés florissante et jeune, à l'Ambigu aussi, ce me semble, et que je retrouve encore ici sans que quelques années lui aient rien fait perdre de son talent et de sa jolie voix. Mlle Figeac louche en la regardant.

Bouffé !.... Qui dans Paris n'a pas ri et pleuré lorsque cet inimitable comédien a voulu qu'il en fût ainsi ? C'est là une de nos gloires théâtrales : Potier avait peut-être plus d'originalité, mais les rôles taillés aujourd'hui pour Bouffé exigent de plus profondes études, et Potier vivant ne serait guère que le rival de cet homme que vous voyez là s'asseyant au milieu de ses camarades pleins d'enthousiasme; car il est dans les coulisses de ces caractères nobles et généreux contre lesquels la dent de l'envie ne vient jamais s'émousser.

Bouffé continue l'étude de ses rôles dans le foyer de son théâtre, c'est vous dire qu'il y est tantôt triste, tantôt gai, selon les costumes dont il vient de se revêtir.

Numa est simple, froid, mais vrai ; Numa est une bonne fortune pour le Gymnase. Sa conversation intime est le reflet de ses habitudes de théâtre, et de plus c'est un bon, un excellent camarade.

Vous connaissez Volnys : il ne se montre guère au foyer que pour discuter les principes de l'art auxquels il a si heureusement consacré toute sa vie. Les sérieuses études de Volnys percent au milieu de ses conversations les plus familières : ce n'est pas seulement un comédien chaleureux, c'est encore un homme du monde qui se plaît dans les livres utiles et les graves écrits de nos philosophes. Volnys aime à citer, il cite bien et à propos ; il sait que la science est un beau rayon sur une vie d'artiste, il sait aussi que la pédanterie serait une tache ; la conversation de Volnys est instructive ; il est seulement fâcheux que le foyer du Gymnase ne le possède pas plus souvent.

Les longues merveilles sont rares. Un astre paraît, brille, éblouit..... Il s'efface, les ténèbres renaissent.

Telle n'a pas été cette prodigieuse petite fille, dorlotée, *bonbonnée*, fêtée, courtisée, adorée, qu'on nommait autrefois la petite Léontine. Qui ne se rappelle cette verve intarissable, ces larmes si vraies, ces colères si mutines, cette espièglerie si piquante, qui ont cloué Paris et la France et l'Étranger dans cette enceinte étroite dont je vous parle. L'annonce d'une pièce nouvelle, confiée au talent de la petite Léontine, était reçue comme l'annonce d'une victoire de Napoléon. Que de lauriers après la chute du rideau ! que d'enthousiasme pendant la bataille ! Je ne sais pas en vérité pourquoi M.me Volnys, née Léontine Fay, n'a pas un château d'or et des salons pavés de pierreries. Au surplus, elle n'en a pas besoin. Son beau talent lui reste avec ses beaux yeux noirs, ses beaux cheveux noirs, ses beaux sourcils noirs et sa puissance sur le public.

M.me Volnys n'a qu'un tort, c'est de faire de

trop courtes pauses au foyer de son théâtre : je
dis qu'elle a tort, peut-être a-t-elle raison.

Vallée, Habeneck et Uzannas ne seraient dé-
placées dans aucun des petits théâtres chantants
de la Capitale ; vous comprenez donc que le
foyer du Gymnase gardera précieusement le
souvenir de ces jolis talents.

Tisserand n'est pas médiocrement plaisant,
je vous l'atteste : c'est le conteur le plus excentrique que je connaisse. S'il voulait s'en donner
la peine, il ferait sourire un cadavre, et je vous
plains vous tous qui n'avez pas entendu sortir
de sa bouche l'histoire de Velu expiant ses cri-
mes sur un échafaud. Cette histoire, voyez-
vous, est la plus bouffonne plaisanterie qui se
puisse imaginer, et Tisserand, qui en est presque seul l'auteur, a fait là un petit chef-d'œuvre.
Oh ! si nous étions tous garçons, comme je vous
la conterais dans ce livre !

Tisserand est une richesse pour le théâtre qui
le garde avec soin ; et elle serait longue à citer
la série des rôles auxquels il a prêté son esprit
et sa verve originale. L'éloge de Tisserand me
vaudra peut-être un souvenir de bienveillance
de quelques dames du Gymnase. Ah ! coquin !
ah ! spirituel historien de Velu !

Rhozevil peut rendre la balle à Tisserand. Sa
conversation est fort amusante aussi, et le foyer
du Gymnase perd de sa morne couleur, lorsque
la jacasserie de l'acteur le vient raviver.

Que vous dirai-je de Monval, régisseur géné-

ral du théâtre ? Beaucoup, si je voulais écrire
tout le bien que j'en pense ; peu , puisque je le
vois trop rarement.

Rébard a quitté les Variétés pour le Gymnase ,
il n'a pas perdu sa gaîté dans le trajet ; le boulevard Bonne-Nouvelle s'en trouve à merveille.

Davesne plaît au public ; pourquoi ne plairait-
il pas à ses camarades ? Tous lui serrent la
main avec affection , et j'en ferais autant s'il
était près de moi ou si j'étais au foyer du Gymnase à ses côtés.

On me parle avec éloge de la bonne tenue de
Monrasein et de Sylvestre que je connais davantage : je vous réponds de l'esprit de celui-ci , le
public vous répond de l'esprit de tous les deux.

Julien Deschamps mérite une mention particulière : c'est fait.

Un homme maigre et pâle entre d'un pas
grave, un lorgnon sur l'œil. Son dos est un peu
voûté, sa tête bien coiffée , sa figure poétique ;
il y a de la douleur et de la fatalité sur cette
face décolorée où le regard cependant est plein
de vie. Bocage est le drame incarné, il ne devrait
entrer au foyer que la dague au flanc et le poignard à la ceinture ; mais tout au contraire ; il
tourne un madrigal à celle-ci , décoche un bouquet à celle-là, et s'assied, en attendant que le
directeur lui donne un beau rôle.

Conséquence : la foule ne quitte pas le Gymnase.

Qu'elle ne le quitte pas , soit ; mais moi je lui

dis adieu pour d'autres récits. Je ne vous parle
ni de M. Poirson, ni de M. Laurencin, ni de
M. Cerfbeer ; je n'aime pas à me frotter aux
puissances, moi chétif diable boiteux qui me
faufile partout clandestinement. Que leur im-
porteraient d'ailleurs mes éloges ou mes critiques? Le bruit de l'or les empêcherait d'entendre les uns et les autres.

Étourdi que je suis, j'allais oublier la chose
la plus importante du monde. Sachez donc qu'au
foyer du Gymnase, qui est en même temps le
lieu de réunion des auteurs, des musiciens, des
dames et messieurs des chœurs, des machinis-
tes et lampistes, on joue gravement à la main
chaude. Il vous semble tout d'abord que c'est
là un amusement très futile, vous êtes dans
l'erreur. Quand certains hommes demandent
leur retraite, après de longs services sur les
planches, ils vont s'asseoir sous le lustre du
parterre, et proclament à grand renfort de
mains le mérite de tel ou tel acteur, de telle
ou telle actrice. Un allumeur de quinquets
peut faire un excellent claqueur, aussi bien
qu'un pair de France peut devenir un délicieux
marchand de peaux de lapin.

FOYER DU PALAIS-ROYAL.

Au sommet de cet escalier inégal et tortueux
est une régie à gauche ; à droite est le foyer.
J'ai trouvé la régie *remplie* de quatre personnes,
forcées de se tenir debout ou assises sur deux
chaises, une table et un bureau. C'est de là
pourtant que partent et que sont parties les
ordonnances qui ont fait du théâtre du Palais
Royal une mine d'or pour les directeurs, pour
les actionnaires, pour les artistes.

Dormeuil et Poirson jeune (je ne dis pas qu'ils jeûnent les gros gaillards), trônent dans ce petit réduit, où vous trouvez aussi Coupart, c'est-à-dire le rébus incarné, le calembourg modèle, à qui j'ai eu vingt fois envie d'aplatir *l'épaule*, par jalousie de métier ; Coupart qui dit des mots spirituels comme je dis des bêtises, et que tout le monde aime, car il est par-dessus tout bon garçon. Là aussi se repose de sa gloire de soldat M. Mongelas, homme franc et loyal, qui vous serre la main s'il vous estime. Merci à M. Mongelas qui a souvent pressé la mienne. Quant aux deux maîtres du logis, vous les connaissez ; leur fortune a pour base d'utiles spéculations, et les arts leur doivent de la reconnaissance. Dormeuil fait à M.ᵐᵉ Baroyer une pension de 600 fr. ; je vous dis ceci à voix basse, car Dormeuil est de ceux qui cachent leurs bonnes actions.

Un jour nous avons vu sortir de là un homme, non, un folliculaire, pâle, tremblant, écrasé, venant de demander grâce à des artistes long-temps salis par la plume vénale ; et les artistes qu'il avait outragés étaient aussi sur les marches de l'escalier, le huant, le sifflant et le couvrant des épithètes les plus poignantes. Mais le caïman a une forte cuirasse, la balle glisse dessus. Ainsi fait le mépris sur la poitrine de certains bipèdes.

— Je vous ai assez long-temps attaqué, dit le folliculaire à M. Dormeuil, calme comme le

nocher d'Horace, je vous promets dorénavant
toutes mes sympathies.

— Assez, assez, lui répondit le directeur,
j'ai supporté vos saletés, je ne supporterai pas
vos éloges....

La digression est permise, alors surtout que
la morale a quelque chose à y gagner. Et puisque je vous ai dit un mot de ce contrebandier
folliculaire, que je n'ai pas besoin de vous
nommer, car vous le connaissez déjà, sachez
que dernièrement encore, dans une affaire où
il était demandeur devant les tribunaux, le
procureur du roi, justement indigné, déchira
le journal signé par l'homme que je vous dé-
signe, et le foula aux pieds.

Un instant après, comme il osait interroger
l'avocat de sa partie adverse, celui-ci se leva
et fit entendre ces graves paroles : M. le pré-
sident, *je vous prie de défendre à cet homme de
me parler; je me croirais déshonoré d'être forcé
de lui répondre.* Ce jeune avocat, c'est Emma-
nuel Arago, dont le nom ne m'est pas tout-à-
fait étranger.

Pour achever cette petite digression que
toute la classe artistique approuve à coup sûr,
citons quelques vers d'une satyre qui vient de
paraître chez plusieurs libraires, et qu'on lit
à haute voix dans tous les foyers des théâtres.
le poète a été inspiré.

Pour assouvir l'âpre faim qui le presse.
De la dîme des arts il faut qu'il se repaisse.
La plume aiguisée en stylet,

S'il attend au détour qu'un grand nom apparaisse,
  C'est pour lui sauter au collet.
Sous la gorge, au passage, il vous met sa requête;
Et l'allure impudique, et le geste arrogant,
Il exerce au soleil, comme un labeur honnête,
  Sa mendicité de brigand.
  -- Votre police, eh bien ! n'est donc pas prête?
Pourquoi tolérez-vous ce spadassin *noté?*
  Votre escouade au bras si redouté
Est-elle sa complice ou sa digne compagne?
Jetez-le, s'il n'a point assez fait pour le bagne,
  Au dépôt de mendicité !

. . . .

Sortons de l'égout et reprenons notre course honorable sur le terrain des arts et de la littérature. La verte oasis après le désert fangeux.

A droite, je vous l'ai dit, est le foyer des artistes.

Ré, sol, si, ré! C'est Achard qui frédonne de sa voix si bien timbrée. Il a débuté à Paris depuis peu d'années, et sa réputation y est vieille comme les théâtres. Achard, dit-on, est un brûleur; cela n'est pas vrai; on se réchauffe à sa flamme, on s'y plaît, on ne se carbonise pas. Un premier rôle confié à Achard dans une pièce nouvelle, dit à tous: réussite.

C'est l'élégante M.me Leménil, qui fait comme nous et admire sa taille devant la glace polie; la glace jalouse se reflète encore de l'image déjà partie. N'entendez-vous pas aussi M.me Leménil quand elle a cessé de parler? Je vous en dirais bien davantage; mais le coquin de mari est là, bon, jovial, ayant toutes les cordes à sa disposition, excellent sur toutes les notes. Notez cela.

C'est la gracieuse Pernon, dont l'organe a

tant de souplesse et dont je vous dirai un bien infini en dépit de la reconnaissance que je lui dois. L'organe de Mme Pernon a seize ans, son talent est bien plus avancé que cela.

Voici la jeune Biron, aux allures indépendantes, à la parole téméraire, à la démarche provocatrice; mais fuyant souvent le piège de peur d'y succomber. Ne croyez pas cependant que Mlle Biron manque toujours d'intrépidité; si je fouillais bien dans cette vie de dix-sept printemps, y compris les hivers, je pourrais vous signaler quelques cicatrices honorables qui vous prouveraient que les joûtes guerrières n'ont pas toujours épouvanté l'amazone couronnée d'ébène. Merci à Mlle Biron du généreux secours qu'elle m'a prêté une fois. Au reste Mlle Biron n'est pas de notre époque, elle eut parfaitement figuré à l'œil-de-*bœuf*..... *à la mode* aujourd'hui; elle eut été également à la mode sous Louis XV; les grâces ne vieillissent pas. Si vous ne comprenez pas, mes bons amis, demandez au voisin; il vous expliquera la chose; il doit la savoir, surtout s'il est gastronome.

Voici encore Camille et Dorcy, aux jolis yeux clignotant devant une trop vive lumière, jeune fleur sur laquelle il ne faut pas trop s'appuyer, car la tige est faible et le talent à son aurore. Il ne manque là qu'un peu de vigueur et d'audace. Arrosons la fleur.

Scélérat d'Alcide, pinçant celui-ci, coudoyant celle-là, baisant un front, une robe, un gant, chiffonnant une collerette, bousculant tout le monde, et continuant au foyer ses rôles si excentriques, si amusants, si spirituels de la rampe ; Alcide est le véritable Hercule de la folie : on rit de confiance en voyant Alcide Tousez, on rit bien plus quand on l'a entendu.

Sainville et Derval arrivent discutant du mérite des pièces en gens capables de bien juger. Ce sont là des artistes à qui l'on peut donner tous les costumes, parce que tous les costumes vont à leur taille de comédiens ; ils sont tous les deux les vrais protecteurs des pièces qu'on leur confie.

Anna Grave est une gracieuse et suave jeune fille, que le public ne voit pas assez souvent et que je voudrais entendre davantage. Anna, un peu de charité au pauvre aveugle ! J'aimais tant les jolies vignettes de Johannot et de Thompson.

Grassot est une de mes vieilles connaissances ; j'étais sans peur quand je lui confiais un rôle, à Rouen, parce que le public le trouvait sans reproche. Grassot n'a point dégénéré à Paris, et je vous assure que le foyer s'aperçoit de sa présence. Si ce vilain jaloux n'était pas là, je dirais plus de bien de sa femme ; les applaudissements du public parlent pour moi.

M.me Dupuis, je l'ai vue traîner par Jocko à la Porte-Saint-Martin ; j'ai toujours envié le rôle des singes ; c'est un talent échevelé, tout d'une pièce ; il y a de l'oserie, de l'impertinence et de la grâce à la fois. M.me Dupuis est

faite au tour. Un mauvais plaisant disait l'autre
jour : « Je voudrais bien servir à *Dupuis de
dôme.* » Polisson! et moi donc!

Oscar s'est fait une réputation de bon comique depuis très peu de temps; si cela va
grandissant toujours, Oscar aura bientôt six
pieds. Oscar m'a remercié une fois, je le remercie à mon tour de l'occasion qu'il m'offre de
parler de lui; Oscar est autre chose qu'un comédien, il écrit aussi de fort jolis ouvrages.

Germain est l'amoureux princier du Palais-
Royal ; je me trompe, il est l'amoureux de
bien d'autres lieux encore ; ses conquêtes dans
le monde sont le reflet de celles qu'il fait sur la
scène. Que voulez-vous, on n'est pas impunément joli garçon ?

Déjazet est la plus solide colonne du théâtre
du Palais-Royal. C'est là une de ces artistes qui
vivent long-temps encore après leur mort. Quand
Déjazet le veut, un médiocre ouvrage devient
bon, un bon ouvrage devient délicieux : Déjazet
donne de l'esprit aux auteurs qui en ont le plus.
Je vous le dis en confidence, et tout bas, c'est
quelquefois un esprit un peu décolleté. Qui s'en
plaint? personne. Oh! si Déjazet me disait,
confiez-moi une de vos pièces; mais la méchante
ne prête qu'aux riches.

Le foyer du Palais-Royal reçoit aussi les figu-
rants et les dames des chœurs : ils n'y sont nullement déplacés, je vous l'assure ; car je ne
connais parmi eux que bons garçons et excel-

9

lentes bonnes filles. Cela fait un tout aimable, une république des plus divertissantes.

On m'assure que Fradelle quitte le Vaudeville pour ce théâtre ; j'ai envie de lui adresser une phrase élogieuse, mais qu'est-ce qu'il *fera d'elle?*

Ce qui est plus positif, c'est que la jolie, la très jolie Mlle Fargueil y sera engagée, dit-on, dès qu'elle sera remise de l'indisposition sérieuse qui nous menace d'une retraite momentanée : quel enfantillage !

Mais v'lan ! à la porte se présente un pauvre Bélisaire, appuyé sur son inévitable bâton. Vite un calembourg. — Le voilà. — Un autre. — Le voilà. — Un troisième ? — Vous êtes servi. — Ce n'est pas assez. — Prenez encore, toujours : ça ne me coûte rien ; tout ce que je dépense ici ne me ruinera pas ; je suis en fonds pour d'autres théâtres, pour d'autres amis. Je vais les rejoindre, bonsoir au foyer du Palais-Royal, bonsoir à vous surtout, Biron, qui batifolez si follement avec tout le monde; bonsoir à ces mauvais sujets qui vous entourent et que je quitte sans regret, puisque Déjazet, Pernon et Leménil s'habillent dans leur loge, dont l'entrée m'est interdite. Que craignez-vous, mesdames? Je n'y vois pas.

FOYER DE LA PORTE SAINT-MARTIN.

UN jour, pendant un entr'acte, un pauvre machiniste tombe du cintre sur le théâtre et se casse la cuisse. On porte l'infortuné au foyer situé derrière la scène, où ses cris de douleur interrompent la représentation et brisent le cœur des artistes. Une quête a lieu ; le premier sentiment des comédiens est toujours une pensée généreuse, le second la réalisation de cette pensée ; et pendant qu'on déposait sur un brancard le machiniste à l'agonie, une jeune et jolie fille, engagée depuis peu, fredonnait un petit couplet, se mirait devant la glace et harmoniait les boucles de ses cheveux....... *Fi !*

Le lendemain on parlait encore du blessé transporté à l'hôpital, où il mourut peu de temps après ; mais le service avait repris son cours, et les artistes jouaient *Bianca Contarini*, un des moins remarquables ouvrages de Paul Foucher, qui a obtenu de si brillants succès. Il y avait une vive discussion au foyer et dans le cabinet du directeur. M. Melingue voulait être payé et il avait raison ; Harel n'avait pas le sou et il avait tort ; d'une part querelles et menaces, de l'autre sarcasmes et quolibets. Le foyer était en combustion, et on lisait au tableau des artistes une note ainsi conçue :

« Mme Melingue est accusée de diffamation » par M. Harel, son directeur. Cette pension- » naire va publiant partout qu'il lui est dû » 965 francs ; c'est là un mensonge contre le- » quel M. Harel croit devoir protester. »

En effet, la direction ne devait que 960 francs 15 centimes à M. et à Mme Melingue.

Deux jours après, les artistes à qui on devait encore un ou deux mois de retard se liguaient pour forcer le directeur dans ses derniers retranchements. — Eh ! messieurs, s'écria Harel en tombant au milieu d'eux comme une bombe, si vous voulez de l'argent faites-m'en faire.

Le lendemain encore, Raucourt, l'affamé Raucourt, en arrière d'une somme assez rondelette, discutait avec Harel. — Mon brave ami, je n'ai pas dîné. — Mon cher pensionnaire vous souperez mieux. — Mais pour cela, il faut de l'argent. — Comment! vous n'en avez pas? — Non. — C'est votre faute. Allez à la caisse; j'ai donné l'ordre que l'on vous en comptât. — Parbleu, mon garçon, vous me rendez un grand service, et j'y vais de ce pas.

Raucourt en deux bonds était à la grille indiquée. — Avez-vous reçu ordre de M. Harel de me compter de l'argent? — Oui monsieur. — Voici mon bordereau, 550 fr. — Et moi, voici ce que je vous donne. — Comment! 20 fr.? — Ni plus, ni moins. — C'est une mauvaise plaisanterie. — C'est une chose très sérieuse.

Raucourt furieux reprend son bordereau non signé et rentre au foyer, bien disposé à chercher noise à Harel. Il ne le trouva pas; mais le lendemain s'approchant de lui au moment où le flegmatique dictateur chauffait ses pieds à la seule bûche présentée à la flamme : — Vous vous êtes moqué de moi, M. Harel, lui dit l'acteur en colère; d'après vos ordres, j'ai été à la caisse. — Eh bien! on doit vous avoir payé? — On m'a offert 20 francs. — Et vous ne les avez pas acceptés? — Certainement non. — Vous avez eu tort, mon ami; je ne pourrais pas vous en offrir autant aujourd'hui.

Une autre fois, des auteurs, des hommes de

lettre, s'agitaient au foyer en sens divers, et
cherchaient dans d'amères critiques à blâmer
l'usurpation de Dumas. — Dumas! mon homme
à moi, mon prosateur aimé, mon poète par
excellence; comique, amusant ou tragique à
son gré; Dumas, puissante tête de notre littérature moderne, inépuisable source de livres
pleins de verve et d'originalité, et contre lequel la dent de l'envie vient inutilement s'user.
— Qu'est-ce que cela? dit Harel en arrivant.
— Ce sont des auteurs qui critiquent Dumas.
— Les polissons ! ils ne sont pas capables de
faire ses entr'actes.

A cette époque de turbulente mémoire il en
était ainsi tous les jours; tous les jours des discussions nouvelles, des querelles intestines,
des agitations permanentes; chaque jour était
la veille d'une ruine, chaque représentation
était la dernière qui devait avoir lieu, et le
lendemain, grâce à cette bouillante activité du
directeur-modèle, grâce surtout à cette noble
émulation des artistes qui leur donne d'autant
plus de force qu'ils sont plus près de tomber,
le théâtre se relevait, les pièces se succédaient
sans interruption, et la grande machine fonc-
tionnait comme si le chaos n'était pas au bout
de la manœuvre.

C'est que Georges, cette puissante reine,
cette souveraine magnifique, jadis plus brillante encore de sa beauté que de l'éclat de ses
diamants, pesait de tout son poids sur ce théâ-

tre vermoulu ; sa voix sonore et grave s'était un
peu éraillée, sa silhouette imposante avait pris
un volume écrasant, la verve, l'inspiration s'y
trouvaient toujours, mais c'était pour ainsi dire
l'écho d'une virilité à son déclin. Georges ré-
gnait sur Harel, le potentat des directeurs,
comme elle avait autrefois régné sur d'autres
potentats européens ; et le foyer la saluait
comme on salue une majesté déchue.

Bocage enrichissait le théâtre incessamment
dévoré par d'autres besoins, incessamment en-
dolori par d'autres plaies.

Frédéric Lemaître y jetait ses anathêmes de
damné ou ses railleries d'enfer. Alors aussi
le génie de Victor Hugo, celui de Dumas, ag-
gloméraient dans la vaste enceinte de ce théâtre
tout ce que Paris possédait de grand et de riche, tout ce qui dans Paris avait du respect
pour les arts et les lettres ; l'éclat de la salle
jetait de l'éclat sur le foyer ; les héros de drame
y avaient dix coudées, la taille des héroïnes
était incommensurable. Quel changement ! bon
Dieu ! Aujourd'hui tout est prosaïque dans cette
étroite enceinte ; et quoique des talents recom-
mandables s'y promènent et s'y pavanent encore ; quoique des passions s'y agitent, que des
amours-propres s'y froissent, on s'y fait petit,
on s'y tient pour ainsi dire à huis-clos ; on a
l'air d'y craindre le contact du dehors.

Mélingue et la belle Théodorine n'y sont plus ;
Théodorine et Mélingue, couple artistique des

pieds à la tête, comédiens de conscience et de talent, dont on aime la conversation intime parce que le cœur a toujours quelque chose à y gagner.

Raucourt y est retourné avec sa verve et sa causticité de bon aloi; il ne cause jamais au foyer qu'on ne fasse cercle autour de lui. Vous avez vu la duchesse de Lavauballière, vous connaissez Raucourt.

Jemma brille à ce foyer par les nobles qualités qu'il montre à tous, et par celles que sa modestie lui dit de cacher. Jemma est un de ces artistes privilégiés auxquels on aime à presser la main.

Voici Atala Beauchêne, dont le Vaudeville garde un doux souvenir. C'était jadis une svelte et ravissante vierge jetant de l'amour autour d'elle et soulevant les passions à son gré. Aujourd'hui Atala est plus posée, plus calme; on dirait qu'il y a du regret dans sa conscience de jeune fille; jadis elle était folle de naïveté, la voilà froide et silencieuse. Est-ce que son cœur battrait plus fort que de coutume? On le dit..... Cela se peut, je le crois; tant pis pour elle si cela est. Un *Brindeau* pour attiédir ce feu.

Maria Lopez, la petite Maria, se glisse doucement le long du mur et s'assied sur une banquette. L'esprit de Maria, c'est la mousse du Champagne; si le peigne de Maria tombe, gare à vous, vous êtes inondé de ses flots de che-

veux : avec un seul on pourrait se tresser une
chaîne de sûreté.

Déjazet jouait l'autre jour pour un bénéfice
à la Porte-Saint-Martin (pardonnez-moi l'historiette) ; elle avait l'œil attaché au trou du rideau d'avant-scène et regardait la salle toute
flamboyante. Un acteur s'approche sur la pointe
du pied et pince Déjazet vous savez où. Déjazet
se retourne. — Pardon, monsieur, lui dit-elle
avec calme, je ne suis pas de la maison. Notez
bien que cette digression ne vient pas à propos
de Maria Lopez, que je vous signale comme la
plus excellente fille du monde.

Entrez Lajarriette, soyez le bien venu ; vous
savez du reste avec quel plaisir on aime à vous
entendre ici et devant la rampe.

Au feu ! au feu ! c'est Philippe, le brûleur par
excellence, il marche, il pivote, il tourne, il
parle, il rit..... C'est une fusée perpétuelle.

— Qui crie là-haut? — C'est Philippe qui fait
le ventriloque. — J'ai perdu mon mouchoir. —
C'est Philippe qui vous l'a escamoté. Ainsi fait
Philippe du succès des pièces confiées à sa
verve intarissable.

Villars est un brûleur à-peu-près du même
type que Philippe, avec moins de bruit cependant. Ce jeune comédien parle avec une volu-
bilité qui ferait croire à son désir d'achever
bien vite ses rôles. Le public trouve qu'on ne
lui en donne jamais de trop longs.

Si vous n'estimiez pas Moissard des pieds à la

tête, c'est que vous ne comprendriez pas l'honnête homme par excellence. Moissard est homme de talent, et par-dessus tout homme de probité.

Honoré est plus chargé d'esprit que d'embonpoint ; il en a jusqu'au bout des ongles, et *Bonardin dans la lune* en fait foi.

La belle Mme Céneau se présente. — Que dites-vous du talent de Mme Céneau ?—Mme Céneau est bien belle.

Verner a la dignité de son état, il n'est comédien que sur les planches ; c'est un homme de bon goût et de bon ton partout. Chacun de ses camarades peut l'appeler son ami.

Autour de Tournan tournent les artistes qui veulent entendre une conversation joyeuse ; ainsi font Ernest, Langlade, Perrin, Dubois, Hérel, Hiellard et Charvet qui n'engendre point la mélancolie.

On trouve encore à ce foyer un essaim d'actrices que je connais à peine par leur nom. Que risquez-vous de les supposer bonnes et sans malignité. La charité rapporte ; soyons charitables, ne fut-ce que par égoïsme.

Et maintenant, savez-vous ce qu'on dit dans le monde ? que chacune de ces dames trône à son tour au foyer ; que directeur, régisseur et administrateurs subissent chacun à leur tour un doux esclavage, donnent tous les soirs et tous les matins gain de cause à l'actrice qui, la veille, a reçu le mouchoir.

— Ah ! tu crois que je jouerai ce petit rôle ?
— Tiens, je l'espère bien. — Eh bien ! non ; car
je ne veux pas te doubler, à moins que tu ne me
doubles auprès de M. Coignard. Fait accompli.
La jeune fille jouera le petit rôle.

Eh ! bon Dieu ! qu'est-ce qui peut donc nous
sauver des griffes de tant de fées dont toutes les
passions sont dans la tête ! Messieurs Coignard,
vous y succomberez comme nous, comme moi ;
et votre esprit ne vous sauvera point d'une
chute. Ce n'est pas pour votre théâtre que je
crains, c'est pour votre repos.

Pardon, Mme Lory, je n'aurais pas dû vous
oublier. Vous savez le proverbe : les meilleurs
morceaux se gardent pour la bonne bouche.

Là Dupeuty, Maillan ; là aussi Paul Foucher,
sans ailes aux talons ; Carmouche et quelques
autres écrivains distingués viennent se délasser
de leurs études sérieuses. Un ancien auteur, qui
a fait plus de mélodrames que je n'ai rimé de
couplets, M. Deslandes y débite sa prose harmonieuse et inépuisable. C'est une conversation
fort instructive que celle de M. Deslandes.

En résumé, si le foyer de la Porte Saint-
Martin n'est pas littéraire comme il le fut autrefois, il est encore assez amusant pour mériter
les pages que je viens de lui consacrer.

FOYER DE L'AMBIGU-COMIQUE.

QUE diable voulez-vous que je vous compte
d'un foyer qui n'existe pas ou qui change de
physionomie à chaque trimestre? Et puis, est-ce
bien un foyer que cette pièce terne, froide, mal
éclairée, aux murailles de laquelle sont, pour
ainsi dire, cloués deux bancs noirs usés, ver-
moulus, sur lesquels on ne peut s'asseoir qu'a-
vec la plus grande circonspection, pour peu

10

que l'on tienne à conserver ses vêtements intacts de graisses d'huile ou de suie.

On m'assure aujourd'hui que ce local situé derrière la scène va être badigeonné, et que les soies, les velours et les guipures y garderont désormais leur beau lustre. A la bonne heure, le confortable peut exister sans luxe, et les artistes de l'Ambigu ont droit aux sollicitudes de la direction.

Jamais peut-être on n'avait vu un théâtre fermer ses portes au public au milieu d'un des plus éclatants succès qui aient occupé les cent trompettes de la Renommée. Il fallait que la plaie intérieure fût bien vive pour que le corps pérît sous ce mal profond contre lequel toutes les apparences de santé et de vie sont venues se briser.

Hélas! ainsi en sera-t-il chaque fois que les rênes d'une administration seront confiées à des mains inhabiles et inexpérimentées. Il fallait un calculateur, ce fut un danseur qui l'obtint. Figaro est un homme de grand sens.

Presque jamais on n'a connu le véritable directeur de ce théâtre, et le plus souvent on en comptait quatre ou cinq à la fois qui faisaient mouvoir la machine. Celui-ci était administrateur, c'était un lion; celui-là jugeait les ouvrages, c'était un bailleur d'argent; un autre dirigeait la scène, montait les pièces, c'était un homme du monde qui, pour la première fois, visitait les coulisses d'un théâtre. Le moyen après cela de s'entendre? Aussi, que devait-il arriver? Ce qui est arrivé en effet, une culbute.

La faute certes n'en est ni aux artistes de talent qui glissent dans ce triste foyer, ni à ce peuple de dramaturges fraternellement mêlé à ses interprètes.

Là, Bouchardy dédaigne de marcher comme tout le monde sur les grandes routes, et ne se plaît que dans les dédales d'une intrigue dont le fil d'Ariane peut à peine vous montrer les mille détours; Bouchardy, dont le génie inventif (car il y a du génie chez cet homme) ne veut pas que vous le compreniez tout d'abord, et qui donne des coups de pieds à la raison, à la logique, pour trouver une folie, une absurdité qu'il torture, qu'il pétrit à son gré, et qui parvient, par des moyens à lui seul connus, à vous intéresser, à vous émouvoir, à vous arracher des larmes.

Quel crâne que le crâne de ce Bouchardy, s'est un jour écrié mon ami Janin. En effet, ce Bouchardy aurait débrouillé le chaos, si Dieu n'avait pas été là pour lui en épargner la besogne.

Avec une intelligence moins vaste et moins tracassière; mais avec des moyens ingénieux qui ne manquent jamais leur effet, là se promène aussi Charles Desnoyers, dont les succès eussent enrichi tant de scènes, fécond parmi les plus féconds, et dont la verve loin de s'attiédir, semble puiser toujours de nouvelles forces dans les bravos de la foule.

Si j'inscris le nom de Frédéric Soulié au-dessous de ceux de Desnoyers et Bouchardy, ce n'est pas au moins pour le classer. Vous savez tous le poste qu'il devrait occuper, vous qui avez assisté à ses triomphes sur toutes les grandes scènes de la Capitale ; vous qui avez lu, vous qui avez dévoré tant et de si belles pages dans cinquante volumes jetés à la curiosité publique.

Laboullée est là aussi, sachant à merveille qu'il y sera bien reçu ; et si vous n'y rencontrez pas plus souvent Montigny à côté de ses collaborateurs, c'est que la Gaîté le réclame et que l'avare Achéron ne lâche point sa proie. Charles Lafont y a droit à un fauteuil privilégié ; aussi l'y trouve-t-on quelquefois assis sur la modeste banquette dont je vous ai déjà parlé. Charles Lafont et Mallefile sont plus que des espérances. Les coups de maître ont été déjà porté.

Mes autres confrères ne m'en voudront pas si je les passe sous silence ; le public les vengera de la rapidité de mes esquisses.

Le foyer de l'Ambigu se pare de ces gloires littéraires, et vous comprenez que les artistes de ce théâtre acceptent avec bonheur les rôles qui leur sont confiés.

Vous y voyez bras dessus, bras dessous, Melingue et Théodorine, sa femme, dont vous connaissez la puissance.

Là encore, Mlle Martin, belle femme, complète, brune ardente, aux regards espagnols,
et se plaisant pour ainsi dire à gâter ses heureuses qualités par une recherche, une afféterie
qu'elle prend pour de la grâce et qui n'en est
que la parodie. Mlle Martin, que je ne veux pas
séparer de Mme Darcet, dans la crainte de les
affliger toutes deux, véritable saule pleureur
se balançant à toute brise, refusant de marcher
comme on marche, de parler comme on parle,
de tousser comme on tousse, visant à l'originalité et touchant au ridicule, actrice pleine
d'âme et de force, mais se jetant à côté du vrai
pour être spéciale, se déhanchant pour montrer
son élasticité de bambou, et décolorant à plaisir les heureux dons qu'elle a reçus du ciel. En
vérité, on serait tenté de battre, de pincer et
de mordre une femme qui, par une aberration
fatale, a compromis son présent et tué son
avenir.

Tenez, la voilà au foyer, seule, isolée, ne
parlant à personne ou ne répondant que par
monosyllabes et en grimaçant, comme si elle
craignait de voir ce qui se passe autour d'elle,
pareille à une timide pensionnaire, qui, pour la
première fois, se trouve jetée au milieu de ses
compagnes plus aguerries. Mlle Martin n'a pas
raison d'être ainsi timorée ; elle est belle à voir
et elle cause bien quand elle s'abandonne à sa
verve. Il y a parfois de l'excentrique, de l'imprévu dans ses intimités, et si cette actrice

voulait être sur la scène ce que je l'ai vue dans le monde, nul doute que le public ne lui rendît sans rancune la faveur qu'il lui a retirée. Je la lui souhaite au nom du Père, du Fils et du Saint-Esprit; car je suis bon catholique.

Mme Darcet et ses lunettes bleues arrivent de Saint-Pétersbourg. Cette actrice est élégante et bonne diseuse; mais les glaces de la Néva ont jeté du froid sur ses manières, et il paraît que l'influence de Mlle Martin ne se fait pas sentir chez son inséparable. Tant d'accord entre le feu et l'eau! Philosophes, expliquez ce phénomène.

J'ai vu les premiers débuts de Mlle Fierville à Chantereine. Elle venait de Marseille, je crois, et son accent provençal blessait les oreilles, tandis que sa belle charpente enivrait les regards. A force d'études et de patience, Mlle Fierville a perdu ses premiers défauts, elle a acquis de précieuses qualités, et la voilà bien vue, bien fêtée du public et de ses camarades au foyer; car elle est bonne actrice devant la rampe et excellente fille dans le monde.

Albert et Saint-Ernest n'attendent pas long-temps les bons rôles des ouvrages; les rôles viennent à eux sans que ces deux artistes fassent un pas pour les accaparer, et quand ils les tiennent, ils les gardent bien. Ce sont deux comédiens de bon goût qui seraient dans le monde ce qu'ils sont au foyer.

Leur serre-file sont MM. Saint-Firmin, Salva-

dor, Cuillier et Chylly ; ces derniers savent parfois victorieusement se placer au premier rang.

J'allais continuer ma course dans cette enceinte retrécie ; mais j'apprends à l'instant
qu'un grand mouvement s'opère parmi le personnel du théâtre. Je ne veux rien préjuger ;
toutefois, il me serait permis d'écrire et de
penser qu'une ère brillante s'ouvre pour l'Am-
bigu-Comique, et que la scène et le foyer vont
se repeupler d'artistes de mérite. La main in-
telligente de Béraud aura passé par là.

Que voulez-vous ? nous les retrouverons plus
tard. Les livres ont parfois plus d'une édition

FOYER DE LA GAITÉ.

————◦————

CELUI-CI a une physionomie toute particulière ; c'est que les directeurs, amis de leurs pensionnaires, leur font de fréquentes visites ; c'est que là aussi ils vont puiser dans les habitudes familières des artistes les heureuses inspirations qu'ils jettent dans leurs ouvrages. Un foyer peut être à la fois une école de bonnes et de mauvaises mœurs, et une étude profitable

aux arts et à la littérature. Témoin celui de la
Gaîté.

Montigny est homme d'esprit et de talent,
Meyer homme de talent et d'esprit, Varez se ré-
flète d'eux, et tous les trois projettent leurs
rayons sur cette salle longue et rétrécie où s'a-
musent pendant les entr'actes les acteurs de la
troupe.

Si Lopez s'y trouve, oh! alors, c'est une joie
excentrique; un déluge de quolibets tombe sur
le pauvre auteur Lilliputien que l'on déshabille
comme un ver, sans que les Vestales du lieu en
soient épouvantées. (Quel foyer n'a pas ses Vestales!) Puis on reprend Lopez en sous-œuvre,
on lui dit qu'il y a émeute au boulevard, et
l'auteur des Pages et Poissardes (y compris Rochefort) tremble, pâlit, balbutie, se cache debout sous un banc, se laisse ressaisir, habiller
en cuirassier, en écuyer, en nonc, en colima-
çon, afin d'échapper à la furie de la populace.
Oh! si j'avais le temps et l'espace de vous dire
une histoire sur Lopez! A un autre jour.

Quoi qu'il en soit, l'entrée de ce héros spirituel, mais par trop pusillanime, au foyer de la
Gaîté, est toujours saluée des plus vives acclamations.

Ici, vous n'applaudirez point à la suave et
gracieuse M.me Amy; on la voit, on l'aime en
silence, voilà tout. Dès qu'elle entre, c'est un
parfum de modestie qui visite les parties les plus

reculées du lieu, et la foudroyante Léontine impose silence à ses quolibets échevelés.

Stéphanie se présente comme une reine de théâtre, mais sans vanité ; elle a bon ton, non parce qu'elle s'y étudie, mais parce qu'elle a deviné que les bonnes manières étaient un magnifique *laissez-passer* depuis la mansarde jusqu'aux salons de l'opulence.

Clarisse est toute fière de ses récents triomphes, mais elle ne les fait peser sur personne ; sa réputation a grandi, sa vanité seule est restée stationnaire. En elle on aime la femme et l'artiste à-la-fois.

Helas ! pauvre garçon, je voudrais bien vous dire ici tous les mérites qui s'agitent dans ce foyer ; mais il est si loin de chez moi que je ne puis aller les saluer qu'à de longs intervalles. Aussi est-ce toujours avec un vif et nouveau plaisir que je vais serrer la main à ce chaleureux Francisque aîné à qui je dois un triomphe honorable, et à qui tant d'autres auteurs doivent aussi la même reconnaissance. Francisque est le plus intrépide nautonnier du boulevard du crime ; que de naufragés n'a-t-il pas sauvés d'une mort certaine !

Mauvais sujet de Deshayes ! merci également de l'esprit que tu m'as prêté, de ton talent si vrai, si naturel, si polisson. Le foyer est heureux de te posséder ; vas-y donc plus souvent, drôle, et ne serpente pas comme une vipère au milieu des coulisses pour troubler le repos des

jeunes abandonnées. Personne mieux que
Deshayes ne sait où il y a des larmes à essuyer,
des cœurs à consoler, des jaloux à punir ; c'est
le vrai mouchard de la galanterie.

Francisque jeune est amusant au foyer comme
devant la rampe ; aussi l'y entraîne-t-on malgré
lui. L'amitié a son égoïsme.

Joseph a de l'énergie, de l'imprévu ; il parle
de son art en homme qui l'a long-temps étudié.
Vous comprenez qu'il se trouve parfaitement
placé au foyer à côté de ses directeurs.

Delestre. J'allais écrire à côté de ce nom les
lignes que j'ai tracées à la suite de celui de
Joseph. Cependant un mot encore : maris et
amants jaloux, veillez sur vos moitiés, sur vos
tiers et sur vos quarts de propriété ; l'homme
que je vous signale parle beaucoup en public de
son impuissance physique, afin que vous le lais-
siez en paix courir ses galantes aventures. Ceci
est une hypocrisie à vous dénoncer, car, hier
encore, j'ai entendu en sortant de votre théâtre
deux petits enfants donnant la main à leurs
mères, fort jolies bourgeoises du quartier, s'é-
crier en voyant Delestre : *Bonsoir papa, bonne
nuit papa*..... Mon livre est un vrai cours de
morale.

Saint-Marc est un homme de beaucoup d'esprit ; cela est étonnant, car il en dépense depuis
bien des années. Le public le traite en ami ; le
public du boulevard est connaisseur.

J'ai vu Surville au théâtre de la Porte-Saint-

Martin, le voici maintenant à la Gaité. Partout
où il voudra se montrer, il sera bien accueilli.

Rey est un amoureux de vaudeville et de
trente-six mille vierges errantes sur les boulevards, depuis la Porte-Saint-Antoine jusqu'à la
Madeleine. Que de Madeleines! Au foyer, la
conversation de Rey est parfois décolletée jusqu'à la cheville à partir des épaules.

Amy m'a vexé plus d'une fois, moi pauvre
aveugle qui me laisse prendre à la mélodie
d'une voix de Syrène. Vous savez bien, monsieur, que ce n'est pas de la vôtre que je veux
parler, quoiqu'elle soit fort agréable à entendre; et à ce sujet je vous rappellerai un joli
calembourg-madrigal que j'ai rimé en l'honneur de votre délicieuse moitié; s'il vous fâche,
elle est auprès de vous pour vous consoler. Le
voici :

> J'ai souvent dans le cœur étrange fantaisie;
> Mais on ne change pas, même en devenant vieux.
> Dites-moi donc pourquoi, femme aux magiques yeux,
> Je voudrais, vous sachant si fraîche et si jolie :
> Vous nommer mon AMY plutôt que mon amie.....

V'lan! voilà pour le jaloux.

Neuville est le plus amusant et le plus excentrique des comédiens; miroir fidèle, il imite
ses camarades de la façon la plus burlesque, et
le foyer bondit de joie dès que Neuville met le
nez à la porte pour y entrer. Quelle ébouriffante

canaille que ce Neuville quand il se met en tête
de faire rire les artistes et le public!

Morand joue les amoureux en deuxième ligne; vous savez que la deuxième ligne suit de
près la première. Sa présence au foyer est à-
peu-près inaperçue, car il est calme comme
les rôles qu'on lui confie.

Monrose est le fils du Figaro des Français;
c'est un beau titre, laissons-le lui.

Charlet n'a pas de prétention; la modestie
va bien à tout le monde, et en homme de bonne
compagnie il s'efface au foyer.

Pradier est le financier du lieu; il donnerait
dix ans de sa vie pour n'être pas si riche en
abdomen, aussi vient-il très-peu au foyer, parce
qu'il le remplirait.

Bouffé, le grand Bouffé l'inimitable Bouffé,
a une sœur nommée Gauthier. A chaque première représentation, l'artiste du Gymnase
vient applaudir sa sœur. Vous savez s'il applaudit à contre-sens. Oh! si M.me Gauthier avait
plus de vigueur! Ce n'est pas l'ame qui lui manque, ce sont les forces physiques. M.me Gauthier ne va au foyer que pour y prendre quelque
repos.

M.me Cheza m'a été un soir d'un grand secours. C'est une duègne pleine d'intelligence.
Je vous en dirais plus de bien si elle ne m'avait
rendu aucun service.

Mélanie est une très belle personne que j'ai
vue, à Paris et dans les grandes villes de pro-

vince, obtenir et mériter de beaux triomphes.
Mélanie chante à ravir.

Bodée et Lagrange sont jolies comme tout ce
qui est joli, gracieuses comme tout ce qui est
gracieux. Pourquoi vous dis-je cela, moi, pauvre aveugle? Parce que tout le monde le proclame, et que je suis l'écho de tout le monde.

J'ai dit un mot de chacun des artistes de la
Gaîté; ils se succèdent à tour de rôle dans le
foyer; de telle sorte que, par intervalle, l'é-
troite enceinte est tantôt sérieuse et grave, tantôt sentimentale et mélancolique, tantôt *farce*
et incandescente.

On s'y amuse malgré soi. Vous voyez qu'il y
a de la variété; c'est déjà beaucoup que d'en
trouver dans un si étroit espace. J'y ai poussé
plus d'un *éclat de rire*.

FOYER SAINT-ANTOINE.

OUVERT, fermé; ouvert, fermé; ouvert, fermé. C'est l'historique de ce malencontreux théâtre. C'est l'historique aussi de son foyer.

J'ai vu celui-ci fort amusant quelquefois; mais surtout alors que la blonde Éléonore l'égayait de ses quolibets, de ses saillies, et surtout de sa charmante silhouette.

Mlle Éléonore est une transfuge du Panthéon.

Elle fut rencontrée un matin par sa camarade *Caroline* dont je vous parlerai tout-à-l'heure. — Eh bonjour, mon amie, comment vas-tu maintenant? — Fort bien et toi? et tes amours? — En changeant de quartier, j'ai changé de vie, mon enfant. Je suis esclave, enchaînée, j'aime. — Lesquels? — Un seul.— Bêta.— Que veux-tu; il faut bien faire une fin. — Comment! tu en es déjà à la fin du commencement? —Et toi? — Oh! moi, mon amie, je t'ai remplacée et succédé dans le quartier Latin; j'aime aussi. — Comment se portent-ils? — Mais pas mal, si ce n'est qu'ils se grisent trop souvent. — Et toi avec eux, sans doute? — Dam! il faut bien hurler avec les loups.

Ce sont deux excellentes filles que Caroline et Éléonore. Celle-ci est blonde, l'autre est brune. J'aime mieux Éléonore, quoique l'autre ait son prix. Je sais le prix de l'autre. Tout le monde papillonne dans le foyer de Saint-Antoine autour de la jolie Éléonore; auteurs, acteurs et directeurs s'y cassent le nez : Madeleines repentantes auraient émoussé les griffes de Satan.

Le foyer de ce théâtre lilliputien a été fort brillant, je l'atteste, et un essaim de jolies femmes y a long-temps captivé un essaim de vaudevillistes et de dramaturges.

Là, cette délicieuse Boisgonthier dont s'enrichissent aujourd'hui les Variétés. Là aussi, Maria la rondelette, chantant faux, disant juste, et n'aimant guère qu'un soupirant à la fois. Là aussi, cette gracieuse et délirante Leroux qui brille en ce moment aux Folies dramatiques, et que vous ferez bien d'éviter si vous ne voulez pas l'aimer éternellement...... pendant trois mois. J'y ai vu bien d'autres jolies femmes encore. Que sont-elles devenues ? Dieu ! l'une d'elles est à Saint-Pétersbourg, l'autre à Lisbonne, une troisième à Rio-Janeiro, une quatrième à Calcutta. Quand je vous dis que le plaisir est citoyen de l'Univers !

J'ai vu aussi à ce foyer des artistes de mérite dont je regrette d'avoir oublié les noms ; mais je me souviens à merveille de celui de David, jeune acteur d'intelligence et d'énergie, que ferait bien d'accaparer à son profit une plus vaste scène.

A ce foyer, il y a comme dans tous les autres de petits talents et de grosses jalousies ; de petites querelles et de grosses vanités. Il y a mieux que cela : il y a Éléonore la blonde que je vous invite à aller voir, si vous ne la connaissez pas.

FOYER DU PANTHÉON.

———◦———

Ici sont les acteurs qui fredonnent des chansonnettes, là les actrices qui roucoulent des romances. Quelques uns de ces messieurs ont un germe de talent qui se gâte vite sur une scène sans cesse labourée par les quolibets et les lazzis égrillards des étudiants du quartier. Quelques unes de ces dames sont jolies ; je me trompe, il n'y en a qu'une, et encore c'est tout au plus si j'oserais l'affirmer.

On marche, on piétine, on jacasse, on se querelle, on se bat. Le directeur arrive. Quel directeur ! Maître Georges. Jamais je n'ai entendu ce directeur de théâtre m'adresser dix mots sans douze fautes de français. Et son orthographe donc ! c'est chose curieuse, je vous assure, qu'un billet de M. Georges, directeur du Panthéon. Mlle Figeac lui envierait son style. Croiriez-vous qu'un jour que l'on jouait Marius à Minturnes au bénéfice d'une de ses choristes, il corrigea de sa propre main l'affiche qui lui fut présentée, de telle sorte qu'on lut toute la journée : *Au bénéfice d'une dame des cœurs, aujourd'hui par extrà hordinaire, Marius à mainte urne, tragédie en 3 actes par Arnold.*

Je vous ai dit les acteurs et le directeur. Vous ne connaissez pas le foyer du Panthéon.

Le foyer du Panthéon, c'est Mlle Caroline. Elle est grande, très bien faite ; elle a de jolis yeux, un organe cavalier ; elle boit, jure, fume comme un caporal Suisse, et danse le cancan un peu plus proprement que Mlle Esther.

Je calomnie Caroline ; elle ne connaît pas le cancan. La chahue est la sœur aînée de cette première danse.

Mlle Caroline tutoye tous les artistes, ses camarades, tous les etudiants (je ne vous dis là qu'une de ses peccadilles) ont le droit de tutoyer Mlle Caroline, et j'aurais fort mauvaise opinion de celui qui ne connaîtrait pas l'adresse de la jeune artiste *perle* du Panthéon. Vous savez pourquoi je l'appelle perle?

J'aurais aussi fort mauvaise opinion de l'étudiant dont Mlle Caroline ne trouverait pas la demeure les yeux fermés.

Mlle Caroline, je vous l'ai dit, est tout le foyer. Elle pince celui-ci, se laisse pincer par celui-là, donne une claque à son voisin de gauche, une chiquenaude à sa voisine de droite, un serrement de main à l'amoureux, un baiser sur le front ou autre part au père noble ; et je l'ai trouvée un jour sérieusement occupée à tenter de mordre la luette du comique.

Mlle Caroline est l'amazone la plus intrépide que je connaisse. Deux femmes l'épouvanteraient cependant ; mais elle est tranquille et rassurée au milieu de vingt hommes.

Oh! charmante Caroline, que Dieu te maintienne en joie et en santé! car tu es la bonne fille de Béranger, notre poète national. N'est-ce pas, petite Caroline, que je te connais bien. Tiens, et moi qui la tutoye aussi. Pardon, lecteur, je n'en ai pas le droit.

Si vous connaissez Mlle Caroline, vous connaissez le foyer du théâtre du Panthéon. Il est mort quand elle s'en éloigne, il est plein de vie vec elle.

FOYER COMTE.

───◦◦◦───

GARE ! gare ! baissez la tête ! V'lan ! vous
avez une bosse au front. Aussi, pourquoi diable
entrer debout, sur vos deux pieds, dans ce
foyer de marmouzets. Le plus grand de tous
peut fort bien, en se hissant, vous mordre le
nombril ; et, si vous n'y faites attention, vous
allez marcher sur la tête de la plus petite fille.
La mère noble a trois pieds un pouce ; l'amoureux peut être vu du fond de la salle à l'aide d'une
excellente lorgnette ; quant à la duègne, qui
se courbe pour se faire vieillotte, vous diriez

l'ouverture d'une parenthèse (pareille à celle que je trace ici.

Eh bien ! qui le croirait? il y a là aussi des passions et des colères, il y a là des jalousies et des irritations. Hélas ! c'est qu'il y a aussi là des cœurs et de jeunes cervelles qui rêvent d'avenir.

Vous ne sauriez imaginer combien ces artistes lilliputiens mettent de vanité à un succès. Tout imperceptibles qu'ils sont, ils aiment cent fois mieux une claque qu'une tartelette, et ils jetteraient volontiers dans le ruisseau toutes les brioches du pâtissier voisin pour un bravo de bon aloi parti de tous les coins de la salle. C'est que le physicien Comte stimule leur amour-propre, excite leur vanité et leur donne du zèle malgré eux.

Quand vous entrez au foyer de ce théâtre, vous entendez un cliquetis de petites langues à assourdir les oreilles ; tout le monde parle à la fois, et je vous défie de saisir une seule syllabe distincte au milieu du cataclysme de paroles qui se heurtent, se choquent et se brisent à l'air. Le foyer de M. Comte est chose très curieuse à voir et à étudier. Que risquez-vous? Faites une pièce pour l'habile physicien-prestidigitateur, et vous aurez vos entrées libres dans ce petit salon où tourbillonnent tant de vieux enfants.

FOYER DES FOLIES DRAMATIQUES.

DE toutes les entreprises théâtrales de Paris, celle-ci est une des plus solides. M. Mouriez en est le patron ; mais patron intelligent, probe, sachant par cœur son public, jugeant à merveille les ouvrages soumis à son appréciation, et consolidant une belle fortune à l'aide des succès les plus honorables.

Le fretin seul de la littérature donnait jadis des pièces à ce théâtre, coudoyé, pour ainsi dire, par Saqui et les Funambules. Aujourd'hui les premiers noms de nos dramaturges et de nos vaudevillistes se pavanent orgueilleusement sur les affiches de M. Mouriez, et vous rencontrez au foyer Dennery, plein de verve et de soudaineté, jetant ses piquants ouvrages au moule et vous faisant pouffer de rire ou pleurer à son gré ; Théaulon et Dartois, Siamois cosmopolites, donnent la main à Carmouche, leur émule et leur ami ; Laporte, grand fournisseur de l'endroit, et même l'académicien Ancelot, qui a remporté des couronnes sur toutes les scènes. Là encore Desvergers et Varin, rivaux heureux de Duvert et de Lauzanne ; ce spirituel et facétieux Paul de Kock, dont vous connaissez par cœur les pièces et les romans.

Nathalie, la piquante, l'excentrique Nathalie sort des Folies-Dramatiques. Un peu de gaîté est sortie avec elle.

Aujourd'hui, c'est Mlle Leroux qui la remplace et la fait presque oublier. A côté de l'une de ces charmantes prêtresses, il est difficile que l'on se souvienne de l'autre.

Blum est un singe sérieux au foyer. Je suis sûr qu'il est aimé là comme il l'est par le public devant la rampe. N'est-ce pas moi qui ai encouragé ses premiers pas dans la carrière dramatique? Il me semble que oui. Dans tous

les cas, je suis sûr qu'il ne l'a pas oublié,
lui.

A côté de cet excellent jeune homme voltige
Palaiseau, fort récréatif, parce que le public
lui dit chaque soir le cas qu'il fait de sa verve
et de son originalité.

L'intelligence de Dumoulins ne peut être ré-
voquée en doute ; et si je vous parle également
de Potier, fils de l'admirable comédien de ce
nom, c'est que ce n'est pas un *potier d'étain*. Il a
la couleur de son père, mais la distance qui
sépare le père du fils n'en est pas moins immense. Napoléon a succédé à Charlemagne.

Je vous défie d'être triste à côté d'Armand
Villot, qui sait plus de mots et d'anecdotes à
lui seul que vous et moi réunis.

C'est là un coquin de bonne allure et de fran-
che gaîté : Bélisaire lui serre la main ; puis
vient un vol de prénoms appliqués à de fort
jolies femmes généreuses, m'a-t-on dit, et que
je trouverais bien plus généreuses encore si
elles voulaient l'être un peu pour moi. Hélas !
il y a si loin de la Chaussée-d'Antin au boulevard du Temple !

Vous comprenez que mon petit livre n'est
pas une nomenclature : aussi dois-je borner là
l'énumération des artistes de ce petit théâtre.
Ce que je dois vous dire, pour rentrer dans
mon programme, c'est que le foyer des Folies-
Dramatiques est très amusant, et que tout im-

perceptible qu'il se dessine, il y a là de grosses jalousies, de grosses querelles, de grosses inimitiés et de grosses passions. Qui peut assurer que la colère du ver de terre ne soit pas aussi chaude, aussi ardente que celle du tigre ou de l'éléphant ?

FOYER DU LUXEMBOURG.

----&----

Il y a un foyer à ce théâtre, parole d'honneur. Hier, en cherchant bien minutieusement, je l'ai trouvé. Il était tout plein de l'amoureux, de l'amoureuse du lieu, du père noble et du tyran. Un personnage de plus et l'on étouffait. Je m'en allai par prudence.

Décidément, j'aime bien mieux le foyer de la Renaissance et celui de l'Opéra que celui de Bobino.

FOYER DES ITALIENS.

———◦◦◦———

Pardon à vous messieurs de l'Italie, si je suis patriote avant tout ; mais vous , ultramontains, vous devez connaître la parole consolante de l'Évangile : *Les premiers seront les derniers ; les derniers seront les premiers.*

Vous savez trop bien, faquins que vous êtes , la place qui vous est due ! On a beau se montrer modeste des pieds à la tête , chacun s'apprécie intérieurement ce qu'il vaut , et quand on a prononcé les noms de Rubini , Tamburini , Lablache, Grisi, Persiani, Albertazzi, la foule s'incline émerveillée, ou se lève et bat des mains avec enthousiasme.

Voici le lieu de recueillement et de repos de tant de voix harmonieuses, graves et vibrantes. C'est un petit salon carré, orné de deux glaces, d'une cheminée assez mesquine, et enlaidi de banquettes grises fichées le long du mur. Les artistes s'y réunissent comme pour causer, mais ils n'y causent guère. La loge de Rubini est à côté ; c'est une véritable étuve. On dirait que ce prodigieux chanteur, auquel nul autre ne peut être comparé, a besoin d'un soleil tropical pour son gosier de rossignol. Après lui, entre Tamburini qui s'assied, bâille et va rejoindre dans sa loge ses huit ou neuf enfants qu'il fait sauter sur ses genoux. N'est-ce pas là un grand plaisir après les bravos du public ? Lablache est un conteur par excellence ; c'est lui qui ravive le foyer ; il sait mille et mille anecdotes ; il les assaisonne de petits quolibets de bon goût qui font du foyer un imperceptible écho de ce qui a lieu dans la salle quand le grand chanteur se fait entendre.

L'élégant Morelli, dont les progrès ont été si rapides, enrichit également le foyer de ses causeries, où l'instruction se mêle si bien à la grâce et à la naïveté. Morelli vient d'ajouter à son beau nom un nom cher aussi à nos libertés publiques ; désormais Morelli est Français autant qu'Italien.

Voici une brillante cascade de notes, voici un
choc perpétuel de perles et de diamants ; c'est
de l'éclat, de la richesse, de l'opulence ; c'est
la musique personnifiée, c'est l'harmonie, c'est
Persiani. Diriez-vous à la voir si calme, si paisible, si simple, qu'elle vient d'émouvoir et
embrâser la foule ? A ses côtés, Grisi, la belle
Grisi, imposante comme Niobé..... Tiens, que
vient faire ici lord Castelreagh ? Un Anglais mé-
lomane, c'est assez curieux pour que je vous signale le fait.

Une place est vide à ce foyer, celle de
M.ᵐᵉ Viardot. Je souhaite qu'elle gagne au ma-
riage ce que le public a perdu en lui voyant
quitter la scène.

Bonjour Gallay ! Voilà bien des années que
nous jouions au collége et que tu recevais mes
taloches. Aujourd'hui, je te salue plus révéren-
cieusement, et j'applaudis avec énergie ainsi
que fait le public à cet admirable solo des *Puri-
tains* que tu joues dans une si rare perfection.

Que fait ici la jolie sœur d'Albertazzi ? Si
j'étais indiscret, je vous le dirais bien. Pourquoi M. Perrot des Beaux-Arts vient-il si souvent au foyer ? Je suis trop prudent pour vous le
dire.

Et M. Marut de l'Ombre, dont l'œil veille avec
tant d'activité sur le château des Tuileries.
Pourquoi aussi ne manque-t-il jamais une soirée
de foyer ? A-t-on besoin de la police dans un lieu
où tout le monde est *d'accord*...... N'importe,

M. Marut de l'Ombre est un de ces hommes qui sont partout bien vus et partout bien accueillis.

Si les voleurs ont à craindre la présence de M. Marut de l'Ombre quelque part, je sais plus d'un *denier* que la main habile de ce magistrat ferait bien de saisir à la course. Me comprenez-vous, Mlle Amigo ?

L'été marche à grands pas et nous ramène les papillons et les fleurs. Fleurs et papillons grandissent, se colorent, voltigent et vont embellir aussi le sol brumeux de la Grande-Bretagne. Avec eux partent les Italiens ; avec eux s'envole *Loiseau*. Je viens de vous nommer la seule jolie figurante du théâtre Italien. Que les autres me pardonnent mon peu de courtoisie ; je suis aveugle. Au surplus, Loiseau trouvera son nid tout parfumé à Londres. Je souhaite que la petite confidence que je fais ici à mes lecteurs ne me vaille pas un regard plus courroucé que ceux qui sont jetés sur le public par Mlle Loiseau, alors qu'elle lui dit : Adieu.

Adieu au foyer des Italiens que j'ai gardé pour la bonne bouche.

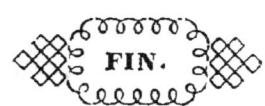

FIN.

MUTATIONS.

—◆◆◆—

Les morts vont vite.....
Et les vivants aussi.

THÉATRE FRANÇAIS.

Est-ce pour diminuer nos regrets de la perte de Mlle Mars? — Le *Gladiateur* a auréolé le front de Mlle Doze, étoile filante qui devient plus vive au lieu de s'éteindre.

Résurrection de l'astre Brohan : sa fille lui succède. Soubrettes de Molière et de Marivaux plus verdoyantes que jamais.

Mlle Denain a joué trois fois le *Verre d'eau* ; on a trouvé que c'était trop. — Qui ? — Non pas le public.

OPÉRA-COMIQUE.

TENDU en noir pour le départ de Mme Damoreau. Deuil national.

RENAISSANCE.

CADAVRE ; prédiction réalisée.

GYMNASE.

Mlle FIGEAC se corrige ; elle ose aujourd'hui en plein soleil, jusqu'à présent elle n'avait été téméraire que dans le crépuscule. Son regard de gazelle est tout ce qui lui reste de ses dix-neuf printemps. — Qui soupire encore ?

VARIÉTÉS.

ESSAIM de nymphes fatigant le bitume des boulevards et débutant au premier jour dans une féerie nouvelle. Le foyer en est.... embaumé. Est-ce le mot? — Ma foi notre langue est si pauvre.

AMBIGU.

MOUVEMENT, activité, physionomies nouvelles.

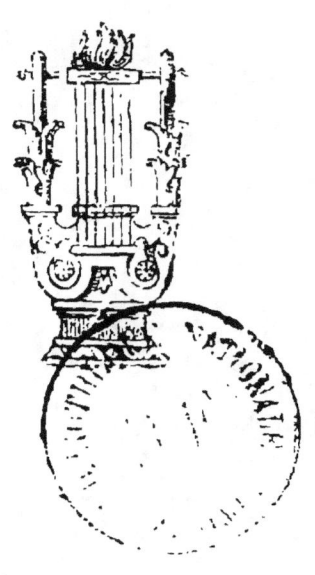

www.ingramcontent.com/pod-product-compliance
Lightning Source LLC
Chambersburg PA
CBHW070759280626
47162CB00016B/1554